suhrkamp taschenbuch 3392

Eine Kleinstadt in Norddeutschland, eine junge Frau kehrt nach einer unglücklichen Liebe zurück. Ihre drei Tanten tun alles, damit sie bleibt: Tante Lene, der General, kommandiert sie, Tante Paula umsorgt sie, Tante Sissi umwirbt sie. Eine ist verrückt nach Kronprinzessinnentorte, während die andere nur trockene Kekse mag und die dritte am Kaffeetisch strickt, um nichts essen zu müssen. Zu dritt hüten sie das Geheimnis ihres Vaters, eines Spätheimkehrers. Die junge Frau weiß nicht, ob sie ihm nachspüren oder das beredte Schweigen ihrer Verwandten hinnehmen soll. Doch als eine der Tanten stirbt, geraten die Dinge plötzlich wie von selbst in Bewegung.

Susanne Fischer, geboren 1960 in Hamburg, lebt in einem kleinen Dorf in Niedersachsen und arbeitet als Geschäftsführerin der Arno Schmidt Stiftung in Bargfeld bei Celle. Zuletzt erschienen der Roman *Gefälschte Eltern* und der Band *Versuch über die Sahnetorte*, eine Auswahl von Kolumnen aus der *tageszeitung* (beide 1998).

# Susanne Fischer

# **Anderswo**

*Erzählung*

Suhrkamp

Umschlagfoto: Photonica/Akiko Kawana

suhrkamp taschenbuch 3392
Erste Auflage 2002
Originalausgabe

Druck: Ebner & Spiegel, Ulm
Printed in Germany

1 2 3 4 5 6 – 07 06 05 04 03 02

# Anderswo

I

Jedenfalls ist Onkel Heinz nun schon so lange tot, wie ein verstorbener Großonkel nur sein kann, und das ist bedauerlich, weil man ihn nicht mehr fragen kann, was man, traut man den Auskünften seiner Töchter, ruhig tun konnte, ohne dabei dümmer zu werden. Laut Tante Lene, Tante Paula und Tante Sissi (diese die Töchter von Onkel Heinz) war Onkel Heinz einer der besten Menschen auf der Welt, ein wirklich feiner Mann, der leider früh und sehr ungerecht an einer gefährlichen Krankheit verschied, so die Tanten Lene, Paula und Sissi. Ich kann mich kaum an Onkel Heinz erinnern, da er ja früh starb. Als ich noch ein kleines Mädchen war, saß ich manchmal bei Onkel Heinz auf dem Schoß, ein freundlicher älterer Herr, der nach Zigarren roch, und er schenkte mir ein Schokoladenplätzchen mit bunten Zuckerperlen darauf. Später zeigte man mir manchmal ein Foto von ihm; ich glaube, es war immer dasselbe.

Nicht viel Erfolg im bürgerlichen Leben war Onkel Heinz beschieden, doch das will nichts heißen. Er hatte es nämlich gar nicht mal so leicht, der Onkel, denn als er endlich zurückkam, war alles schon gelaufen, und es war dann, wie gesagt, nicht leicht. Die alte Firma expandierte zwar wieder, hatte aber schon genug Heimkehrer, die sich etwas mehr mit dem Zurückkommen beeilt hatten als Onkel Heinz, und da war es natürlich Essig. Bei anderen Firmen brauchte man es gar nicht erst zu versuchen, denn man war nicht mehr der Jüngste. Nie hat man aber eine Klage von Onkel Heinz gehört; ich sowieso nicht, ich war zu klein, doch auch seine Töchter konnten sich nicht erinnern, ihn klagen gehört zu haben, obwohl es ja ungerecht war, denn auch Onkel Heinz hätte sich gerne mit dem Zurückkommen beeilt, aber es ging nicht ohne weiteres, wie wir uns das heute so vorstellen, denn davon haben wir gar keine Ahnung.

Tante Lene, Tante Paula und Tante Sissi sahen sich auf unheimliche Weise ähnlich, weil sie sich nämlich nicht wirklich ähnlich sahen. Man kann beispielsweise nicht sagen, daß sie alle die gleiche Nase hatten, oder ähnliche Ohrläppchen, wie das bei anderen Geschwistern durchaus der Fall sein soll. Ja, schon, sie hatten alle blaue Augen, aber ganz verschieden geformt, vielleicht unterschied sich sogar die Farbe um Nuancen, doch das konnte ich nicht mit Sicherheit herausbekommen, weil sie mich nie lange anschauten. Dazu fehlte ihnen, egal ob sie alle drei beieinander saßen oder ich nur eine von ihnen traf, einfach die Ruhe, immerfort drängte sie irgendwas, von dem ich nicht wußte, was es sein sollte, denn sie waren längst Rentnerinnen, im Großmutteralter, potentielle Entenfütterer allesamt und hatten kaum noch etwas zu bestellen; die Kinder und Enkel von Tante Sissi lebten anderswo (bei diesem Wort wedelte Tante Paula stets unnachahmlich mit der linken Hand, als wollte sie etwas wegwischen), nicht mehr in der norddeutschen Kleinstadt, aus der die Tanten stammten und in die sie lange zurückgekehrt waren (Tante Paula hatte sogar ihr ganzes Leben nie »anderswo« mehr Zeit verbracht, als für einen kurzen Urlaub nötig war).

Gelegentlich fuhr ich zum Beispiel Tante Lene, die älteste, im Auto zum Supermarkt am Stadtrand, damit sie bequem und reichlich einkaufen konnte. Ihre Ungeduld auf der Hinfahrt konnte ich noch begreifen, denn allzu häufig waren ihr solche Ausflüge nicht vergönnt; warum sie aber auch auf der Rückfahrt noch an jeder roten Ampel mit dem Fuß wippen mußte, als drängten sie Termine, auch dabei seufzte und die Augen verdrehte, falls ihr ein anderes Automobil zu langsam erschien, schließlich gar beide Hände gegen das Handschuhfach stemmte, als wollte sie das Auto schieben, damit es schneller vorankäme – das alles verstand ich nicht. Kaum waren wir nämlich vor ihrer Haustür angelangt, schien es ihr äußerste Mühe zu bereiten, ihre für ihre Generation recht große, dabei hagere Gestalt aus dem Auto zu schlängeln und in Bewegung zu setzen. Alle Eile war von ihr abgefallen, aber Ruhe war das auch nicht gerade, was sie jetzt ausstrahlte, mehr eine Art energische Unzufriedenheit, die mir bedeutete, ich würde mein Teil vom Leben schon noch abbekommen und dann etwas weniger selbstzufrieden mit meinem Auto zum Supermarkt gondeln.

Obwohl die Tanten nie etwas sagten, was darauf schließen ließ, sie könnten mich im Grunde nicht leiden, empfand ich ihre dauernde Unruhe, ihr Fußwippen, Däumchendrehen, Drängeln, Seufzen und

Zappeln, ihre unkonzentrierten, manchmal beinahe gehetzten Blicke am Anfang als Feindseligkeit. Eine Weile lang war ich für mich zu dem Schluß gekommen, ich sei ihnen tatsächlich unsympathisch, doch sie würden darüber nichts sagen, weil sie von mir abhängig waren – ich war ihre einzige Verwandte am Ort und hatte immerhin ein Auto. Doch wäre es für sie leicht gewesen, die vielen Kleinigkeiten von jemand anderem erledigen zu lassen, falls sie mich nicht mochten. Ich fürchte, ich dachte an eine Antipathie, weil mir die Tanten nicht von klein auf vertraut waren, denn wir hatten, als ich beinahe noch ein Kind war, bald anderswo gelebt (hier wedelte Tante Paula wieder), so daß ich nicht mal wußte, ob sie früher ähnlich ungeduldig gewesen waren, als es in ihrem Leben möglicherweise noch geschäftig zuging, und es nur versäumt hatten, diese Eigenschaft abzulegen, oder sie vielleicht sogar mit Absicht beibehielten, damit es nicht auffiel, wie wenig sie inzwischen in Wirklichkeit zu tun hatten.

Freilich sagten sie auch nie, daß sie mich gerne hätten. Zunächst unabhängig voneinander, doch später auch, wenn wir alle zusammen waren, erwähnten sie aber immer häufiger, daß Onkel Heinz (vor mir nannten sie ihn immer Onkel Heinz, obwohl sie ja vermutlich »Vater« oder »Papa« zu ihm gesagt hatten) mich immer sehr gern gemocht hatte, als ich noch ein Kind war, und daß es »ein Jammer« (Tante Lene) wäre, daß er mich nicht häufiger hatte sehen können, da wir ja »anderswo« (Tante Paula) gelebt hatten. Alle drei Tanten bedauerten ausdrücklich, daß Onkel Heinz zu früh gestorben sei, um mich noch richtig aufwachsen zu sehen, und Tante Sissi wagte gar die Prognose, wir hätten uns bestimmt recht gut verstanden. Natürlich begriff ich, daß mir mit der unterstellten Zuneigung ihres vergötterten Vaters eine Auszeichnung zuteil wurde, doch erklärte das allein noch nicht, warum sie derart darauf bestanden, daß das so sei und auch so richtig sei. Geradezu versessen schienen sie darauf. Fast gerieten sie, die doch eigentlich als Töchter seine Augensterne hätten sein sollen, bei diesen postumen Beteuerungsorgien ein wenig aus dem Häuschen, aber auch aus dem familiären Blickfeld und Zentrum. Manchmal klang es so, als wäre es der Lebenszweck von Onkel Heinz gewesen, sein Alter durch mich versüßen zu lassen, als habe er erst an meinem Kinderbettchen das Gefühl gehabt, endlich angekommen zu sein. Natürlich barg das gewisse Verpflichtungen für mich. Ich liebte Onkel Heinz nachträglich, obwohl ich mich kaum an ihn erinnern konnte. Anscheinend war ja ich dafür geboren worden, auf seinen Knien herumzuschaukeln, und manchmal bedauerte ich selbst beinahe, daß er gestorben war, noch ehe ich ihn mehr als flüchtig kennengelernt hatte.

Die jüngste der drei, Tante Sissi, war am weitesten herumgekommen; ein Umstand, den ihr die Schwestern vermutlich heimlich neideten. Dabei war auch ihre Biographie kaum spektakulär zu nennen. Nach einer Ausbildung eher kleinbürgerlichen Zuschnitts (Onkel Heinz, selbst nur ein untergeordneter Büro-

Angestellter, hatte nicht viel Geld), die aber doch dem Anspruch der »höheren Tochter« in irgendeiner Weise gerecht werden sollte, der natürlich niemals eingelöst wurde – also nach Schule und ein wenig Klavierstunde wurde sie von ihren Eltern vor die Wahl gestellt, ihr Leben als Kindergärtnerin oder Sekretärin zu verbringen. Sie heiratete lieber, jedoch einen in den Augen ihrer Familie fragwürdigen Mann, der mit ihr durch Süddeutschland zog, was ihren Verwandten, seit Generationen in Schleswig-Holstein ansässig, verdächtig erschien. Lange Zeit hatte ich deshalb geglaubt, er wäre eine Art Verbrecher oder Zigeuner gewesen, später tippte ich auf Kino-Orgelspieler. Inzwischen habe ich herausbekommen, daß er als Handelsvertreter reiste und nicht krimineller war, als es seinem Berufsbild entsprach. Tante Sissi, vergleichsweise fröhlich, war die kleinste und drallste der Tanten. Im Laufe ihrer süddeutschen Jahre hatte ihre Sprache eine unbestimmte Dialektfarbe angenommen, ein wenig Schwäbisch, ein wenig Bayrisch, ein wenig überall und nirgends, und so klang sie immer schon verbindlicher als die dröge sprechenden anderen Tanten. Den Dialekt konnten ihre Schwestern kaum ertragen; er erschien ihnen einerseits zu kosmopolitisch, andererseits hegten sie den argen Verdacht, es sei gewöhnlich, nicht Hochdeutsch zu reden – beziehungsweise das, was sie dafür hielten. Sie gönnten ihrer Schwester auch den in der Fremde und von einem fremden Mann zugelaufenen Kosenamen nicht, sondern nannten sie nach wie vor Lise. Der Handelsvertreter-Mann von Tante Sissi war gestorben, als sie kaum fünfzig war. Ein halbes Jahr später zog sie wieder in ihre Heimatstadt zurück. Von ihrer Zeit »anderswo« sprach sie wenig, die schien abgeschlossen, eine Episode, die ihr die Spanne zwischen den Aufenthalten in ihrer Heimatstadt vertrieben hatte, obwohl ihre beiden Kinder Detlef und Cornelia immer noch in Süddeutschland lebten. Die beiden sind meine einzig näheren Verwandten in meiner Generation, zu denen ich aber fast keinen Kontakt habe. Sie reisen zu Familienfesten an und sprechen dann Schwäbisch.

Mit ihrer geheimnisvollen Ehe hat Tante Sissi dem Anschein nach den Vogel im Geschwistertrio abgeschossen, denn während Tante Lene nur für kurze Zeit einen (später abgesprungenen) Verlobten zu bieten hatte, der gerechterweise in seinen besten Jahren von einem Hirntumor dahingerafft wurde, hatte Tante Paula anscheinend auf jegliche Männerbekanntschaft verzichtet. Daß sie allerhand Spaß gehabt hätte, von dem niemand etwas wußte, war nicht vorstellbar: In unserer Familie blieb nichts geheim, unter den drei Schwestern schon gar nicht, außerdem war Tante Paula nicht der Typ dazu. Sie machte immer einen eingeschüchterten Eindruck. Nie hätte sie gewagt, zu heiraten, wo es doch ihre große Schwester Lene vorgezogen hatte, sich nicht zu verehelichen. Tante Lene sagte, ihr Verlobter habe leider Krempfeling geheißen, deshalb habe sie ihn nicht genommen, auch wenn er ein feiner Mensch gewesen sei, doch alles habe seine Grenzen.

In Wirklichkeit hat aber Krempfeling den Bund aufgekündigt, wie ich genau weiß. Meine Großmutter war über die Aktivitäten der Argendorfschen Mädchen immer bestens informiert.

Nach ihrer gescheiterten Verlobung war Tante Lene ein halbes Jahr nach Kiel gegangen, kurz nach dem Krieg. Das überrascht mich heute noch, denn Tante Lene hatte es nicht so mit der Fremde und den Fremden. Damals lebte Tante oder vielmehr Großtante Jutta noch, die Mutter der drei Schwestern, über die sie nur noch selten sprachen. Natürlich hätte Tante Lene ihre Mutter niemals allein gelassen. Onkel Heinz war ja noch in Kriegsgefangenschaft, doch Paula schien damals eine geeignete Mutterbetreuerin abzugeben, und versäumte so auch prompt die Jahre, in denen junge Frauen im allgemeinen mit Männern zu tun bekommen. Jedenfalls hätte sie die Zeit ihrer Versklavung genausogut in einer Hundehütte verbringen können, soweit es die Aufmerksamkeit ihrer männlichen Mitmenschen für sie anbelangt. Während Tante Jutta nämlich nachdrücklich und auffordernd herumkränkelte, hatte Tante Lene das halbe Jahr Abwesenheit von daheim genutzt, ihr eigenes Süppchen zu kochen und sich von der Mutter nichts mehr sagen zu lassen. Sie bekam etwas nachgerade Verbiestertes, wie der Norddeutsche sagt, erzwang sich von der Familie sogar ein Lehrerstudium, ging dafür wiederum nach Kiel und ließ sich danach von überhaupt niemandem mehr etwas sagen. Natürlich war Tante Paula wie geschaffen dafür, nach dem Tod von Onkel Heinz und Tante Jutta von Tante Lene regiert zu werden. Vermutlich war für Tante Paula die Zeit am schönsten, als Onkel Heinz aus der Gefangenschaft zurückgekehrt war und sie vorübergehend in den Windschatten der wiederbelebten Ehe ihrer Eltern geriet. Vielleicht fehlte ihr aber dann auch die Aufgabe, bis sie in Tante Lene einen neuen Herrn gefunden hatte.

Die Tanten redeten nicht so recht über ihr Leben, sofern es nicht Onkel Heinz betraf, obwohl sie doch hätten froh sein sollen, wenn sich einmal jemand dafür interessierte, und wäre es auch aus bloßer Höflichkeit. Die meisten alten Leute, die ich kenne (es sind allerdings, zugegeben, nicht sehr viele), tun nichts lieber, als ihre Zuhörer mit Erlebnissen aus ihrem Leben zu bombardieren, auch den daraus gezogenen Lehren noch, und alles immer viele Male, falls man mal nicht so aufgepaßt hat. Meine Oma war zum Beispiel so, und das ist auch der Grund, warum ich überhaupt etwas über das frühere Leben der Tanten Argendorf weiß. Natürlich erzählte auch meine Oma hauptsächlich ihre eigenen Geschichten, doch ließ sich nicht vermeiden, daß die drei Schwestern immer wieder vorkamen, weil meine Oma ihren Bruder, also Onkel Heinz, häufig traf. Ob Oma eigentlich gut oder schlecht von ihren Nichten sprach, weiß ich nicht mehr genau. Ich glaube, es hing von ihrer jeweiligen Laune ab, ob es kein Wunder war, daß diese Mädchen mißrieten (bei *dem* Vater! bei *der* Mutter!), oder ob »mein lieber Bruder« so eine Brut nicht verdient hatte. Oder ob es »echte Argendorfs«, also »Blitzmädchen« waren.

Wenn ich mit Tante Lene in den Supermarkt fuhr, durfte Tante Paula nicht mit, obwohl sie ja Lene den Haushalt führte. Tante Sissi, die in einer eigenen Wohnung lebte, wurde schon gleich gar nicht gefragt. Ich hatte mich daran gewöhnt, daß alle paar Wochen das Telefon klingelte und Tante Lene fernmündlich verkündete, jetzt wäre der Zucker oder das Mehl aus, und es wäre ein Jammer, daß Hansen (so hieß der kleine Laden bei ihnen in der Straße) so teuer geworden sei. Wir verabredeten uns für einen der nächsten Tage; und immer sagte Tante Lene gegen Ende des Gesprächs dringend »Du holst mich doch ab, Jutta, ja?«, als ginge es noch um etwas anderes, Wichtigeres. Überpünktlich parkte ich im Hof des alten Mietshauses, in dem Tante Lene und Tante Paula die Wohnung ihrer Eltern bewohnten, mit finsteren alten Möbeln, fern jeder Leichtherzigkeit. Das Namensschild »Argendorf« aus lange verwittertem Messing blitzte nicht mehr, und wie die Klingel klang, weiß ich nicht genau, weil Tante Lene mir fast immer vor dem Klingeln öffnete. Sie beobachtete meine Ankunft durchs Fenster, hatte schon Hut und Mantel angezogen, griff zappelig nach dem Schlüssel und vergewisserte sich, ob das Portemonnaie in ihrer Tasche war. In dieser kritischen Situation durfte ich nicht einmal Tante Paula »Guten Tag« sagen, es hätte ja inzwischen der Supermarkt leer gekauft werden können.

Während auch ich unauffällig kontrollierte, ob

Tante Lene die wichtigen Dinge bei sich hatte, ihre Griffe und ihr Herumwühlen mit den Augen verfolgte, fing sie bereits an, von einem Bein auf das andere zu treten. Im Frühjahr und im Herbst behielt sie die Handschuhe in der Hand, um sie erst vor der Tür anzuziehen, und schlug inzwischen mit ihnen in die Hand oder an den Türpfosten. Es war schwierig, das zu ignorieren, aber mit etwas Übung gelang es, die eigene Aufmerksamkeit weg von Tante Lene zu ziehen, ohne daß es sie kränkte. Ich konzentrierte mich beispielsweise auf den etwas modrigen Geruch im Treppenhaus, der mir nicht unangenehm war, und achtete auf seine Beimischungen. Im Winter roch es dumpfiger als im Sommer, der eine Note von sonnenbeschienenem Holz in den Moder streute. Im Sommer war es im Innern des Hauses immer wunderbar kühl und dunkel, als träte man in einen nicht zugehörigen Bezirk, also aus der Welt hinaus, statt in das Haus hinein. Selten roch es altmodisch nach Bohnerwachs, oft nach Küchendünsten.

So gelangten wir glücklich aus dem Haus, wobei Tante Lene immer schneller gehen wollte, als ich es ihren mager gewordenen Beinen zutraute, oftmals schienen sich ihre Füße zu verhaspeln, doch natürlich fiel sie niemals. Ich half ihr, so gut es ging, auf den Beifahrersitz, wo sie einen Augenblick verschnaufte, ehe sich ihre Ungeduld von neuem ausbreitete. Die spezielle Verwindung des Körpers, die nötig ist, um sich selbst anzuschnallen, gelang ihr nicht mehr. Das heißt, sie hatte offenbar nie den leisesten Ehrgeiz gehabt, diese Kunst zu erlernen, obwohl sie sonst durchaus darauf aus war, noch nicht gebrechlich zu erscheinen. Diesen einen Augenblick, in dem ich sie anschnallen mußte, hielt sie still, doch danach begann sie, sich den Hut zurechtzurücken, am Gurt zu zupfen, den Inhalt ihrer Tasche zu prüfen und mich ungeduldig anzusehen, falls ich nicht schnell genug mit meinem eigenen Sicherheitsgurt und dem Zündschloß zurechtkam.

Die Fahrt vom Haus der Tanten zum Supermarkt am Stadtrand dauerte bei dichtem Verkehr eine Viertelstunde, meistens ging es aber schneller. Doch für Tante Lene war das stets noch zu lang gewesen. Während der Fahrt sprach sie allerdings nie ein Wort, und zuerst hatte ich gedacht, sie fürchtete sich vielleicht vor dem Autofahren. Inzwischen bin ich sicher, daß es die reine Selbstbeherrschung war; sie sagte nichts, weil sie sich sonst sofort verraten hätte. Losgebrüllt hätte sie, wie am Spieß, warum es nicht schneller ginge, mit welchem Recht die anderen da auf der Straße herumfuhrwerkten, ob die alle nichts zu tun hätten, das sei ein Skandal, jawohl, ein Skandal. Dann hätte aber die Gefahr bestanden, daß ich sie in Zukunft nicht mehr mitgenommen hätte, deshalb beherrschte sie sich, aber doch so, daß ich es sehen konnte. Sie preßte zum Beispiel ihr Kinn mit aller Kraft nach unten. Dann fing sie an, vor roten Ampeln mit den Füßen zu wippen. Sie drehte Däumchen oder schnippte mit den Fingern. Ich tat immer, als merkte ich nichts, denn sonst hätte ich ja losbrüllen müssen, ob sie vielleicht mal aufhören könnte mit dem Quatsch, es wäre schließlich Zeit genug, vor allem sie hätte nämlich Zeit genug, und wahrscheinlich sogar viel mehr als die anderen, die da vor uns auf der Straße herumgondelten (sie gondelten ja gar nicht, in Wahrheit fuhren sie so zügig, wie das eben im Stadtverkehr möglich ist). Das aber hätte Tante Lene nicht verstanden.

Der Supermarkt war ein langgezogener Flachbau mit einem großen Parkplatz davor, auf dem ein Wahnsinniger mehrere Bäumchen verteilt hatte, die weder wachsen noch eingehen wollten. Vielleicht waren sie ja nicht echt. Tante Lene merkte das aber nicht, weil sie jetzt nichts mehr bemerkte außer dem Eingang zum Supermarkt, der zielstrebig angesteuert wurde. Anfangs hatte ich sie vor dem Eingang abgesetzt und erst danach einen Parkplatz gesucht, damit sie es nicht so weit zu laufen hatte. Das gefiel ihr überhaupt nicht, weil sie allein nicht hineinwollte und so gezwungen war, vor dem Supermarkt herumzustehen und zu warten, wie jemand, der seine Zeit gestohlen hat oder nicht weiß, was er will. Oder sogar nur so tut, als ob er dort irgendwas zu tun hätte; solche standen manchmal auch da, ältere Männer meistens, die plötzlich aussahen wie junge Frauen in Kneipen, die so tun, als seien sie mit jemand verabredet, der sich verspätet, obwohl sie in Wirklichkeit bloß auf die ganz vage Chance hin erschienen sind, hier eventuell einen Bekannten oder eine Freundin zu treffen. Diese Frauen haben sich selbst eine blöde Falle gestellt, denn sie treffen niemanden, und sehen nach einer halben Stunde nicht mehr aus wie jemand, der verabredet ist, sondern wie jemand, der versetzt worden ist. Ich verstehe nicht, wie man soviel Energie darauf verschwenden kann, zu wirken wie jemand in einer anderen Situation, ohne die unerwünschten Nebenwirkungen einzukalkulieren. So ging es den älteren Männern vor dem Supermarkt auch. Natürlich war die Fluktuation des Publikums hier größer als in der Kneipe, so daß man ihre Show nicht gleich durchschaute. Ich zum Beispiel hatte am Anfang gedacht, sie warteten vielleicht auf ihre Frauen, die einkauften, vor der Tür, weil sie die muffige Luft im Supermarkt nicht vertrugen oder inzwischen gern eine Zigarette rauchen wollten, oder sie wären hier mit jemandem verabredet. Diese Männer bedachten aber nicht, daß ihr Publikum zwar nicht den ganzen Nachmittag im Supermarkt verweilte, aber dafür doch regelmäßig einkaufte, so daß es jeder irgendwann bemerken mußte, wie sie ganz ohne Sinn und Zweck vor der Tür herumstanden.

Inzwischen also suchte ich immer mit Tante Lene auf dem Beifahrersitz einen Parkplatz. Natürlich bemühte ich mich, möglichst dicht am Eingang zu parken, dem wir uns auf diese Weise erst schleichend näherten, um uns dann langsam wieder zu entfernen, weil es da nur selten einen freien Parkplatz gab – zu Tante Lenes unausgesprochenem Mißfallen. Was ein Behindertenparkplatz ist, das konnte oder wollte sie nicht einsehen, und wenn wir den schon nicht nahmen, dann jedenfalls einen der für die Arztpraxis reservierten Plätze dreißig Meter weiter, fand sie. Als echte Prüfung für Tante Lene erwiesen sich aber freie Plätze auf unserer schleichenden Hinfahrt über den Parkplatz Richtung Supermarkteingang. Den ersten, weit vom eigentlichen Ziel entfernten, ignorierte sie noch; aber dann beschleunigte sich ihr Atem – jeder freie Platz hätte ja der letzte auf dem Hinweg zum Eingang sein können. Wenn wir uns auf der anderen Seite des Parkplatzes wieder vom Eingang entfernten, fanden wir möglicherweise nur einen Platz, der noch abgelegener war. Nahmen wir aber diesen, den nächstbesten, der von Tante Lene beinahe schon mit einem Röcheln begrüßt wurde, konnten wir auf unserem Fußweg zum Supermarkt noch an weitaus günstiger gelegenen Plätzen vorbeimarschieren, die wir aus dem Auto noch gar nicht wahrgenommen hatten. Jeder dieser Plätze war dann eine Niederlage.

Auf dem Supermarktparkplatz konzentrierte sich Tante Lenes Erregung, die ja schon während der Autofahrt prächtig gesteigert wurde, zu einem schwindelerregenden Gipfel, und alle Beschwichtigungsversuche meinerseits nützten nichts. Als ich erst mal begriffen hatte, worum es ihr ging, war mir auch klar, daß Ablenkungsmanöver sinnlos waren. Einmal setzte ich vor dem Supermarkteingang etwa dreißig Meter zurück, um den bereits passierten günstigsten Parkplatz doch noch anzusteuern, den ich vorher verpaßt hatte, und da sah Tante Lene aus wie jemand, dem der Tag verdorben war. Es ging, wie ich erkannte, um einen Krieg mit unbekannten Teilnehmern, der anständig und ohne Tricks geführt werden mußte und in dem jeder kleine Vorteil und

Bodengewinn von Bedeutung war, über den Augenblick hinaus wichtig, archivierbar, vielleicht gar nachts vor dem inneren Auge wieder heraufzubeschwören, ein Ereignis, in dem ich (die doch als Fahrerin viel mehr Anlaß zu derart albernen Aufregungen hätte haben sollen) überhaupt nicht wichtig war, sondern nur ein ausführendes Organ, etwa von der Bedeutung und Selbständigkeit, die man einer schwarzen Katze zumißt, weil man sie zum Orakel gewählt hat. Kreuzt sie die Straße, ist es ein Wink des Schicksals und kein Wink der Katze.

Vor dem Laden dann hatten die Unwägbarkeiten ein Ende, und die Verläßlichkeiten begannen. Der Verschlag mit den glitzernden Einkaufswagen war niemals leer. Das Amt, die Pfandmünze einzuwerfen und den Wagen aus seiner komplizierten Verkettung und Verschachtelung zu lösen, war mir vorbehalten. Tante Lene schien manchmal ein wenig stolz, eine gesunde, erwachsene Frau als Sklavin dabeizuhaben, wo andere nur Zivildienstleistende aufzuweisen hatten oder kleinlaut im Gefolge von Töchtern erschienen, die sie bevormundeten und ihnen gar Waren wieder aus den faltigen Händen wanden und ins Regal zurückschoben, was ich mir mit Tante Lene niemals erlaubt hätte. Die anderen alten Frauen, derart von staatlichen Wärtern oder racheseligen Töchtern wieder in die Kinderei zurückgetrieben, sahen kleiner aus als Tante Lene, zusammengefalteter auch. In unserem Einkaufs-Duo schrumpfte dagegen ich hinter dem Wagen, weil er – es war ein Discount-Markt, wo viele Einkäufer offenbar Berge von Lebensmitteln herausbugsierten – riesengroß war, so daß die Größenverhältnisse zwischen Einkaufswagen und Mensch sich denen der Kinderzeit annäherten.

Ich gebe zu, daß mir am Anfang diese Touren Spaß gemacht haben. Ich war neu in die Stadt gezogen, ich hatte nur eine Halbtagsarbeit in der Bibliothek zu bewältigen, ich war neugierig auf meine Tanten Argendorf, hatte keine Angst vor ihnen, was mir mit anderen Leuten durchaus passieren konnte, und sah in meinem kleinen praktischen Hilfsdienst für die Tanten eine Möglichkeit, unauffällig ein wenig in ihr Leben zu sehen. Das ist etwas, was ich überall und immer gern tue; ich gehe sogar häufig im Dunkeln spazieren, um vielleicht einen Blick in ein Fenster ohne Vorhänge zu erwischen, hinter dem eine Lampe brennt. Manchmal kann ich so sehen, wie jemand mir Wildfremdes dasitzt und konzentriert in eine Zimmerecke starrt in vermeintlicher Privatheit und nicht ahnt, daß er beobachtet wird, ja, angeglotzt wie die Schauspieler, die er im Fernsehen gerade ansieht und die ja auch so tun, als merkten sie nichts.

Nach einigen Monaten hatten sich aber gewisse Routinen eingeschlichen, so daß es mir zunehmend schwerfiel, neugierig zu bleiben und zu glauben, daß ich auf jeder Einkaufstour eine Entdeckung zu machen hätte. Vieles ähnelte sich nämlich von Mal zu Mal. Zum Beispiel die Art, wie Tante Lene mit leicht vorgeschobener Unterlippe, konzentriert und kritisch, vor mir durch den Laden ging und das stets gleichbleibende Angebot stets aufs neue prüfte, ich mit dem Riesenwagen immer hinterher. Ganz unberechtigt erschien das allerdings nicht, da immer irgendwelche Artikel »aus« waren und man feststellen mußte, ob es just die waren, die man hatte einkaufen wollen, denn es waren natürlich jedesmal andere Sachen »aus«. Sonderbar war allenfalls, daß Tante Lene das Fehlen wichtiger Waren mit einer Art Triumph registrierte, obwohl es doch ein eher ärgerlicher Umstand war, der alles unnötig komplizierte. Ja, ein Fehler in der Funktionalität dieser Einrichtung war etwas, was Tante Lene derart Oberwasser gab, daß sie manchmal geradezu beschwingt wirkte, wenn wir den Laden verließen. Obenan auf ihrem Einkaufszettel stand immer H-Milch, die sie in größeren Mengen für jede Art Notfall einlagerte, dann folgten meist Mehl und Zucker. Falls der Supermarkt einmal bei allen drei Basis-Nahrungsmitteln versagt hätte, hätte Tante Lene vielleicht einen Freudentanz aufgeführt. Während des Einkaufs redete sie kaum mit mir, so als befänden wir uns in Feindesland und könnten unbewußt wichtige Informationen preisgeben, auch wenn wir nur sagen würden: »Sieh mal, der Hering ist im Angebot.« Das unterschied sie von den anderen alten Frauen, die die gute Gelegenheit, der stillen Stube zu entkommen, weidlich ausnützten und jedem, der sich in ihre Nähe wagte, Mitteilungen über das Wetter, die Enkelkinder und die persönlichen Ereignisse und Krankheiten der letzten fünfzehn Jahre machten. Tante Lene hatte sich statt dessen ein paar zackige Handbewegungen angewöhnt, die sie einsetzte, wenn ich ihr helfen sollte, Erbsendosen ohne Unfall vom Regal in den Wagen zu balancieren, oder mich nach Reis- und Nudeltüten aus dem untersten Fach bükken sollte. Selbst sinnvolle Dialoge über die Einkäufe verweigerte sie, so daß ich bald nur noch fragte: »Joghurt? Käse?«, wenn ich glaubte, daß sie etwas Wichtiges übersah. Immer aber tat sie, als ob sie nichts hörte, auch wenn sie meine Einwort-Anregungen einmal aufnahm. Die wenigen, belanglos freundlichen Worte, die ich mit der Kassiererin wechselte, ertrug sie mit kaum verborgener Ungeduld.

Einen Augenblick, während ich die Einkäufe in meinen Kleinwagen lud, schien Tante Lene gelöster – fehlten wichtige Positionen, die der Einkaufszettel vorgesehen hatte, wirkte sie beinahe gutgelaunt. Kaum jedoch hatten wir das Einsteigen und Anschnallen hinter uns gebracht, begann ihre Ungeduld von neuem, und sie wurde zappelig, als hielte jeder und alles sie ungerechtfertigterweise auf bei äußerst wichtigen Geschäften. Parkte dann mein Auto endlich im Hof der Körnerstraße 9, wurde mir plötzlich die Zeit lang. Tante Lene kramte umständlich herum. Sie probierte mehrmals den Öffnungsmechanismus für die Autotür, als wüßte sie nicht recht, ob ihre Kraft für das Öffnen ausreichte. Erst wenn ich mich der Tür von außen näherte, gelang es ihr doch. Meine Versuche, ihren Gurt zu lösen, verzögerte sie durch ungeschickte Bewegungen. Sie konnte sich nicht entscheiden, ob sie zunächst die

Füße auf den Asphalt stellen wollte oder doch lieber zuerst den Kopf ins Freie halten, um zu sehen, ob sich während unserer Abwesenheit etwas verändert hatte. Äußerst mühsam stieg sie schließlich aus dem Auto und schlurfte ganz langsam Richtung Haustür, während ich die Einkäufe hinter ihr hertrug. Meist mußte ich mindestens zweimal gehen und zwischendurch innehalten, weil Tante Lene auf der Treppe dramatische Pausen einlegte, so, als schaffte sie es mit hoher Wahrscheinlichkeit nicht mehr bis nach oben. Tante Paula öffnete die Wohnungstür, traute sich aber zunächst nicht, etwas zu sagen, sondern entwich stumm in die Küche. Tante Lene folgte und stützte sich mit beiden Händen auf die Lehne eines Küchenstuhls, wozu sie sich wegen ihrer Größe vornüberneigen mußte. Da blieb sie, je nach Laune, eine Weile stehen, während ich die Lebensmittel in praktischen Plastikfaltboxen, die ich immer im Auto hatte, auf den Küchentisch hievte und schleppte. Die Küche war vielleicht der freundlichste Ort in der Wohnung der Argendorf-Tanten, nämlich groß, hell und mit alten, weißlackierten Küchenbüffets beinahe strahlend möbliert. Der Tisch ruhte in der Mitte, weil es so wohl früher einmal Mode gewesen war. Darauf lag eine Wachstuchdecke, auf der ich nun die rosa- und lilafarbenen Plastikboxen verteilte, die Gitterwände hatten, so daß man die Einkäufe auch von der Seite sehen konnte.

Früher hatte es im Fernsehen eine pädagogisch gemeinte Kindersendung gegeben, in der ein Spiel vorkam, das »Eins von diesen Dingen ist nicht wie die anderen« hieß. Es wurde gesungen, und es wurden Dinge gezeigt, mehrmals, meinetwegen: Apfel – Birne – Banane – Feuerwehrauto, und dann sollte man sagen, was nicht dazugehört. Ähnlich deplaziert standen die grellen Plastikboxen in dieser etwas altertümlichen Küche; solche Boxen wurden für buntlackierte Kleinwagen entworfen, für junge Familien, Jeansträgerinnen, Küchen mit Prilblumen, lebendige Haushalte. Sie sind nicht dafür entwickelt worden, auf einer Wachstuchdecke zu stehen und banales Zeug wie H-Milch, Mehl, Zucker, Essigflaschen und Gemüsekonserven zusammenzuhalten.

Wenn ich alles angeschleppt hatte, stützte ich mich manchmal auf die Küchenstuhllehne wie meine Tante auf der anderen Seite des Tisches, um etwas zu verschnaufen. Das hat durchaus etwas für sich; man plumpst nicht gleich wie ein Sack auf den Hintern, sondern zeigt noch eine Art Haltung. Beim erstenmal hatte ich gar nicht bemerkt, daß ich dastand wie sie, aber inzwischen machte ich es mit Absicht, und es gab einen unbehaglichen Moment, wie Tante Paula sofort registrierte, obwohl sie auf keinen Fall wußte, woran es lag. Sonst hätte sie nicht jedesmal: »Setzt euch doch erst mal!« gesagt, wie jemand, der eine wichtige Mitteilung zu machen hat.

Meistens setzte ich mich dann doch, wegen Tante Paula. Tante Lene nahm erst Platz, wenn Paula und ich schon saßen, und so versammelten wir uns um einen Tisch, der voll stand mit haltbaren und aufwendig haltbar gemachten Lebensmitteln, die man fast alle nicht ohne weiteres essen konnte. Nicht, daß ich Hunger gehabt hätte, aber es ist albern, an einem Eßtisch zu sitzen, der voller Essen steht, das ohne Dosenöffner oder weitere Verarbeitung nicht verzehrt werden kann. Es hätte auch alles aus Wachs oder Pappmaché sein können; eine Theaterdekoration oder ein Gemälde. Das verstimmte mich. Diese Sorte Lebensmittel gehörte in die Tiefe dunkler Vorratsschränke, aber aus irgendeinem Grund mußten wir uns stets erst einmal setzen, bevor ich etwas wegräumen durfte. Vielleicht lag es daran, daß Tante Paula kleiner war als ihre Schwester und ich, so daß sie fürchtete, die Übersicht in ihrer Küche zu verlieren, wenn wir ihr das Blickfeld verstellten.

Tante Paula ließ jetzt ihre Finger über Plastikgitter und Konservendosen wandern und sagte unvermittelt etwas wie: »Erbsen – die mochte Onkel Heinz so gern.« Ihre Augen blitzten kurz auf, und sie sah einen Augenblick vor sich hin auf den Küchentisch.

»Ja, Paula, die mochte er«, antwortete Lene; und damit, wenn schon zweie seiner gedachten, schien der Geist Onkel Heinz' über diesem Küchentisch zu schweben.

»Als du ein kleines Mädchen warst, hatte er dich oft auf seinem Schoß«, fing Tante Paula wieder an.

»Ja«, erwiderte Tante Lene, »unsere kleine Jutta hat er immer so gern gemocht.«

»Schade, daß ihr anderswo gewohnt habt.«

»Ja, schade«, sagte auch Tante Lene. »Ja«, sagte ich.

»Ich koche jetzt Kaffee«, verkündete Tante Paula, und das galt als Signal dafür, daß die Andacht beendet war und ich die Einkäufe wegräumen durfte.

Nach dem Kaffee, zu dem es meist aus dem Supermarkt mitgebrachte Kekse gab, verabschiedete ich mich. Es war mir beinahe unmöglich, mir vorzustellen, was die beiden Tanten während meiner Abwesenheit so machten. Lasen sie Zeitung? Sahen sie fern? Putzten sie die Wohnung? Daß sie sich unterhielten, konnte ich nicht glauben. Ich dachte, daß alles Wichtige in diesem Haushalt längst gesagt worden war; freilich lange vor meiner Zeit. Die Worte waren nur noch Wiederholungen von früher gesagten Worten; Wortrituale oder Gebete, ja, sie bedeuteten durchaus noch etwas, aber nicht dasselbe, als wenn sie einem ganz frisch in den Kopf kommen und in den Mund fahren. Vielleicht war es sogar mit allem, was die Tanten taten, ähnlich. Vielleicht bewahrte jeder Einkauf alle früheren, jedes routinierte Aufbrühen des Kaffees meinte zugleich fünfzig Jahre tägliches Kaffeekochen; und plötzlich wunderte es mich, daß die gebrechlichen Tanten unter dieser Last nicht zusammenkrachten und alles gleich aufgaben.

Fante Paula liebte das Festliche. Das hatte ich inzwischen herausgefunden, doch einfach war das nicht, weil sie dieser Vorliebe nur selten nachgeben konnte unter der Aufsicht von Tante Lene. Eigentlich war es natürlich so, daß die Strenge von Tante Lene und die Feierlust von Tante Paula sich im Gleichgewicht hielten wie das Mobile aus Silberkugeln am Wohnzimmerfenster, das Tante Paula aufgehängt hatte. Dort hingen an einem einmal verzweigten Ast zwei dicke Kugeln, die das Gegengewicht für einen längeren Ast mit drei kleineren Kugeln bildeten. Tante Paulas Feste waren gestohlene Augenblicke, die wahrscheinlich ihren Reiz verloren hätten, wenn die nüchtern regierende Hand von Tante Lene nicht gewesen wäre. Weil Tante Paula dem Alltag in der graubraunen Tantenwohnung gern ein Schnippchen geschlagen hätte, durfte sie auch nicht mit zum Einkaufen kommen. So leicht ging es also nicht für sie. Wenn ich mit Tante Lene aus dem Supermarkt kam, versuchte Tante Paula manchmal, den Kaffee im Wohnzimmer zu servieren. Als ich das allererste Mal zu Gast war, vor etwa einem Jahr, gelang ihr das auch, denn selbst Tante Lene sah ein, daß der erste Einkaufs-Besuch ihrer Nichte als etwas Besonderes gelten mußte.

Mir wäre beinahe nichts aufgefallen, denn wie Tante Paula den Tisch deckte, schien mir nicht ungewöhnlich zu sein: Eine dicke dunkelrote Decke, darauf ein zartes weißes, gestärktes Leinen. Untertassen, Kaffeetassen, Kaffelöffel, winzige Kekstellerchen und die Etagere mit den Keksen wurden nach einer heimlichen Symmetrie auf dem Tisch angerichtet. Jede abgezirkelte Bewegung Tante Paulas verriet, daß sie einem Plan folgte, der sich mir allerdings zunächst nicht erschloß. Stutzig wurde ich erst, als ich, von Tante Paula aufgefordert, einen Keks nehmen wollte: In der obersten Etage war die weiße Abteilung, dort lagen verschiedene Kekse mit Zuckerguß. Darunter waren die roten angeordnet, also die mit einem Klecks Gelee in der Mitte oder mit rotgefärbtem Zuckerguß. Im Parterre versteckten sich die unansehnlicheren braunen, die mit Schokolade oder Nüssen. Es gab auch noch Kekse mit einem Schachbrettmuster aus hellem und dunklem Teig, die Tante Paula in ein Extra-Schälchen sortiert hatte. Unwillkürlich zog ich meine Hand wieder zurück, denn ich hatte irgendeinen Keks nehmen wollen, was in Anbetracht der Lage überhaupt nicht möglich war. Man mußte eine Entscheidung treffen, und wie immer sie auch ausfiel, die Ordnung auf dem Tisch wäre zerstört worden. Einen Augenblick hatte ich den Verdacht, Tante Paula wäre eine grauenhafte Pedantin.

»Schade, Jutta, daß ihr damals anderswo gewohnt habt, als Onkel Heinz noch lebte«, sagte sie gerade.

»Ja«, sage ich.

»Weißt du noch, wie er dir das Rechnen beibrachte, als du noch viel zu klein warst?«

»Nein.«

»Er hielt seine Hände hinter dem Rücken, und du mußtest sagen, wieviel Bonbons drinnen waren. Mit einem fing es an, dann nahm er einen zweiten dazu. Du konntest sehen, daß er ihn nahm, aber nicht, daß nun zwei Bonbons hinter dem Rücken waren.«

Ich griff jetzt doch nach einem Schachbrettkeks, weil das nur die Schale durcheinanderbrachte und nicht das gesamte Gleichgewicht der Etagere.

»Das mußtest du dir vorstellen, mit den zwei Bonbons, und es ihm sagen.«

»Ja.«

»Dann hast du sie auch bekommen. Er hat so gern

mit dir gespielt, wenn ihr mal da wart. Er hatte ja viel Zeit, und es hat ihn abgelenkt.«

Ich nahm noch einen Schachbrettkeks. Tante Lene stöberte in ihrem Nähkorb herum und gab weder auf Tante Paula noch auf die Kekse acht.

»Sein Fuß tat ja immer so weh. Kannst du dich jetzt erinnern, an die Sache mit den Bonbons?«

»Ja«, antwortete ich, um Tante Paula eine Freude zu machen, denn in Wahrheit hatte ich nur eine schattenhafte Erinnerung an Onkel Heinz. Tante Paula nahm mit abgezirkelter Eleganz einen Keks mit rotem Marmeladenklecks in der Mitte und biß ein zierliches Eckchen davon ab. Dann legte sie ihn auf ihr kleines Kekstellerchen, stützte die Ellbogen auf den Tisch und flocht ihre Finger ineinander, während sie zufrieden über den von ihr arrangierten Kaffeetisch sah. Dort stand natürlich auch noch die Kaffeekanne, elfenbeinfarben mit Goldrand, die zierliche Zuckerdose mit dem silbernen Löffel, das Milchkännchen und eine kleine weiße, kegelförmige Vase mit Maiglöckchen darin, die ich mitgebracht hatte. Frühlingssonne fiel schräg in das Zimmer und ließ es freundlicher wirken, als es war mit seinen schweren Möbeln aus dunklem Holz und dem braunen Teppich. Selbst der Kronleuchter bestand aus dunklem Holz, die Leuchten waren aus gelblichem, undurchsichtigem Glas gefertigt. Überall schienen sich Jahre abgelagert zu haben, auf allen Möbeln und Gegenständen in diesem Zimmer ruhte eine dicke Schicht von etwas Unbestimmtem. Über dem braunen Sofa hing ein großes Bild, an das ich mich erinnern konnte, denn ich hatte mich als kleines Mädchen davor gegruselt: Ein Segelschiff mit vier Masten lag schief in aufgewühlter See, die Segel in Fetzen. Sonst gab es nichts auf dem Bild zu sehen, weder eine Küste noch ein anderes Schiff. Keine Möwen tanzten im Wind, und auf dem Schiff kämpfte kein Mensch gegen Sturm und Wellen. Jedenfalls konnte man nicht auf das Deck sehen, auf dem sich möglicherweise noch jemand befand. Der Himmel war dunkelgrau, die See schwarz, das Schiff schwarz, die Segel auch grau. Das Hellste auf dem Bild war ein trübgelber Fleck am Himmel, hinter dem in tausend Fantastilliarden Kilometer Entfernung vielleicht die Sonne hing. Das Gruseln ging nicht von dem Gedanken aus, was mit den armen Leuten auf dem Schiff werden sollte (oder schon geworden war), es war eine tiefe Bedrückung darüber, daß es irgendwo auf der Welt einen so öden, dunklen und gottverlassenen Ort geben konnte.

»Frau Paulsen hat jetzt auch Krebs«, sagte Tante Lene unvermittelt in meine Betrachtungen hinein und sah von ihrem Nähkorb auf. Sie sagte das ohne jedes Gefühl, weder mitleidig noch hämisch. Anscheinend hatte sie völlig vergessen, daß ich nicht die leiseste Ahnung hatte, wer Frau Paulsen war. Oder sie hatte überhaupt vergessen, daß ich da war. Tante Paula jedenfalls zuckte ein wenig zusammen und schien ebenfalls aus Gedanken hochzufahren. Sie nahm den Kopf von den Händen, preßte die Lippen aufeinander und kniff die Augen ein wenig zusammen, sagte aber nichts.

»Ich hab's von der Hansen, die hat ihre Enkelin im Krankenhaus besucht, und da kam Frau Paulsen von der Krebsstation. Sie hatte geweint gehabt, sagt die Hansen, man hat es an den roten Augen gesehen.« Tante Helene richtete ihren Oberkörper auf und dreht sich vom Nähkorb weg. Anscheinend hatte sie sich jetzt erst offiziell entschlossen, am Kaffeetrinken teilzunehmen und den Tisch nach Kräften zu beherrschen.

Tante Paula biß etwas entschlossener in den Rest von ihrem Keks, und ihretwegen nahm ich nun auch so einen runden mit rotem Geleeklecks, damit die silberne Etagere überhaupt zu etwas diente. Tante Helene nahm natürlich nichts, denn sie hielt Naschen im allgemeinen für ungesund.

»Ich habe das schon lange gedacht. So wie sie aussah! Da mußte doch was sein. Was für Krebs es ist, weiß ich aber nicht. Das wußte Frau Hansen leider auch nicht.« Tante Paula sagte noch immer nichts. Ich biß in den Keks, der außen und unten krümelte, in der Mitte oben aber durch einen roten, trockenen, klebrigen Klecks zusammengehalten wurde. Man hätte das Keks-Zentrum allein nach dem Aussehen für Marmelade halten können, und das war es vielleicht auch einmal gewesen. Ob sie gebacken wurde oder luftgetrocknet, um dauerhaft, trocken und wie makelloser Lack auf dem Keks aufzuliegen? An den Zähnen blieb ein unangenehm stumpfes Gefühl zurück.

»Sterben wird sie bald«, verkündete Tante Helene mit der unaufgeregten Routine einer Nachrichtensprecherin. Tante Paula sah jetzt irgendwie verstockt aus, unsanft aus ihren Erinnerungen gerissen und mit Neuigkeiten behelligt, die sie ganz offensichtlich nicht mochte.

»Wer ist denn diese Frau Paulsen? Eine Freundin?« fragte ich schließlich. Ich wollte es eigentlich nicht wissen, wurde aber unruhig, weil ich nicht begriff, wie Tante Helene das alles meinte und was von mir erwartet wurde.

»Körnerstr. 2«, schnarrte Tante Helene, »keine Freundin, ach was.« Tante Paula schob mir mit Schwung die Keksschale unter die Nase, so als wünsche sie weiter keine Diskussionen, und Tante Lene hielt überraschenderweise den Mund. Ich natürlich auch, ich wußte ja sowieso nichts zu sagen. Ich starrte auf das Bild mit dem Segelschiff, das begann, mich einzusaugen. Dann aber sagte ich mir, daß niemand auf der Welt wissen kann, wie ein einsames Segelschiff in Seenot aussieht, es sei denn, er erklimmt ein Floß und wird Tage später gerettet, und dann ist es nicht mehr dasselbe.

Frau Paulsen ist übrigens bis heute nicht gestorben, oder jedenfalls hat es niemand mir gegenüber erwähnt.

## 2

Niemals fragten mich die Tanten, was ich eigentlich in der Zwischenzeit gemacht hatte, sie schienen es einfach hinzunehmen, daß ich eben noch mit langen Zöpfen auf Onkel Heinz' Schoß herumgeschaukelt war und nun plötzlich als Erwachsene ohne nennenswerte Vergangenheit vor ihnen stand. Vielleicht konnten sie sich nicht vorstellen, wie ein Leben »anderswo« aussehen mochte, vielleicht dachten sie auch bloß, ich sei im Grunde auf der Welt, um ihnen aufzuwarten, und nur durch widrige Umstände für eine Weile verhindert gewesen. Inzwischen glaubte ich selbst manchmal, daß die Tanten mein Leben seien, denn ich wollte einfach nicht, daß mein Leben daraus bestand, Fragen wie »Haben Sie was von Hegel?« zu beantworten, dann die Bücher herauszugeben, um sie schließlich nach Wochen ungelesen, aber mit Kaffeeflecken auf dem Einband zurückzubekommen.

Vergangenheit war überhaupt kein Thema für die Tanten, wenn es nicht direkt Onkel Heinz und seine Leidenschaft für mich betraf. Auch über die Menschen in ihrer Nachbarschaft erzählten sie nichts von früher und von sich selbst schon gleich gar nicht. Ihr ganzes Dasein schien beharrlich auf das Jetzt gerichtet und eben auf jenen dem Stern von Bethlehem gleichen Vater, dessen strahlende Kraft die umgebenden Zeitperioden und Verhältnisse nur in um so tiefere Nacht sinken ließ.

Tante Sissi, die Verbindliche, durfte ich zum Friseur fahren, während ich Tante Paula und Tante Lene in Verdacht hatte, daß sie sich ihre dünnen, weißen Haare gegenseitig schnitten, die sie kunstlos zu unmodischen Knoten schlangen – der von Tante Paula eher rund, wie es ihrem Sinn für Form und Symmetrie entsprach, wohingegen der von Tante Lene mehr wie ein flachgequetschtes Brötchen schief am Hinterkopf klebte. Tante Lene hielt mehr vom Wesentlichen und vom Supermarkt.

Tante Sissi, die Liebliche, trug Löckchen und mußte deshalb zum Friseur. Das hätte sie, die jüngste und beweglichste der Schwestern, ganz gut allein geschafft, aber aus mir unbekannten Gründen sollte ich zur Komplizin ihrer Dauerwellen werden, obwohl sie sich doch so gleichzeitig eines zusätzlichen, unbeobachteten Ausflugs in die Welt beraubte, wenn auch nur in die weibliche Welt. Männer zählten für die Tanten ohnehin nicht, wie es schien, und selbst Tante Sissi drehte diese merkwürdigen Kurven um ihre Vergangenheit, obgleich man doch meinen könnte, daß sie mit dem Handelsvertreter und den süddeutschen Erlebnissen gegenüber ihren Schwestern, vielleicht sogar mir gegenüber, hätte auftrumpfen wollen.

Tante Sissi, die freudevolle, hatte immer schon rote Bäckchen vor Erwartung. Der von ihr bevorzugte Salon »Eden« lag in der Stadt und war kein Ladengeschäft, sondern befand sich im ersten Stock. Das schien mir unbequem und auch widersinnig, denn man konnte aus dem Fenster nur auf häßliche

Backsteinfassaden sehen, und die lange Zeit, die Tante Sissi bei ihrer Frisurenwiedergeburt verbringen mußte, hätte sie eigentlich doch das Leben auf der Straße bewundern können. Andererseits kann ich es verstehen, daß man nicht mit Lockenwicklern im Haar und Trockenhaube über der Stirn beobachtet werden möchte, denn wie man aus einem Laden im Erdgeschoß heraussehen konnte, so konnten die tadellos frisierten Passanten natürlich auch hineinblicken und die lächerlichen Kreaturen unter den Scheren und Bürsten verachten. Friseurbesuche sind eine Frage der Perspektive.

Doch Tante Sissi schien vor allem den Aufstieg in den Salon zu genießen, obwohl auch ihr das Treppensteigen schon Mühe bereitete. Oben angekommen, stieß sie die Glastür auf und holte sehr tief Luft, teils vor Anstrengung, teils aber auch, um ihrer Nase auf keinen Fall ein Molekül aus der Mischung der Wohlgerüche entgehen zu lassen. Sie atmete hier die ganze Zeit so tief ein und aus, als könnte sie allein davon genußreich leben. Hinter der rosa Rezeption stand Herr Eden, der gepflegte, aber allmählich vertrocknende Ladeninhaber, der einzige Mann im ganzen Reich. Tunlichst blieb er dort hinter seinem kleinen Tresen und drang allenfalls zu halbherzigen Inspektionsgängen in den eigentlichen Salon ein, in dem allein die Frauen regierten.

Nur beim ersten Mal hatte ich überlegt, mir ebenfalls die Haare schneiden zu lassen, damit der Ausflug auch für mich nützlich wurde. Tante Sissi hatte augenblicklich an Farbe verloren vor Mißvergnügen, sie hatte die kugelrunden Bäckchen aufgeblasen und den Mund davor zusammengepreßt wie ein unnachgiebiges Ventil. So hatte sie mit sich selbst gekämpft, bis sie endlich doch die Luft hatte herauszischen lassen müssen, »pffft!« hatte sie lang und mißbilligend gemacht, »pfft-pffft-pfft!« und »Ja ja« hatte sie noch rasch hinterher geseufzt, als hätte sie es so und nicht anders erwartet. Kein Verlaß mehr auf die Welt! Nichte nutzt Friseurbesuch aus!

So ging es also nicht. Schließlich hatten wir aber ein Ritual entwickelt. Ich wartete mit Tante Sissi, bis Fräulein Hunter frei für sie war. Die spitznäsige junge Frau hatte zu lange Arme, mit denen sie um Tante Sissi herumruderte, während sie die Tante zu ihrem Sessel geleitete und dann in einen schreiend bunten Kittel wickelte. Rundherum saßen andere ältere Frauen, in geblümten Stoff geschnürt, so daß sie ihre Hände nicht benutzen konnten, ohne das geschickte Arrangement durcheinanderzubringen. Die Brillen mußten sie schon vorher abnehmen; dann wurde ihnen der Kopf zurückgebogen in ein Waschbecken. Es war die perfekte Auslieferung, und die alten Frauen mit ihren dünnen Haaren und ihren weinerlichen Gesichtern hockten in ihren Sesselchen wie ruhiggestellte Babys.

Zunächst servierte Fräulein Hunter Tante Sissi aber eine Tasse Kaffee, so daß die Tante halb wieder aus ihrem Wickelpanzer hervorkriechen mußte. Während des Trinkens hatte ich dazubleiben, dann durfte ich mich zu Besorgungen zurückziehen, nicht ohne eine Uhrzeit für das Abholen von Tante Sissi mit auf den Weg bekommen zu haben. Anscheinend gab es aber ein Komplott zwischen Fräulein Hunter und Tante Sissi, denn sie waren niemals zur rechten Zeit miteinander fertig. Ich mußte auf einem der rosa Wartesesselchen Platz nehmen und Zeitschriften durchblättern, die mich nicht interessierten.

Ein warmer, aromatischer Dunst hing im Salon, geschwängert von all den Essenzen, mit denen sich die Kundinnen verwöhnen ließen, wie es die Friseusen nannten. Eine strengere Note von den Chemikalien, die benötigt wurden, um glattes Haar in krause Formen umzupressen, schwamm auch mit durch die Luft. Während ich zusehen sollte, wie Fräulein Hunter mit ihren Geierflügeln Tante Sissi umschwirrte, hier und da ein Löckchenende herauszupfte, etwas abschnitt und etwas in die andere Richtung kämmte, wurde ich jedesmal von einer wohltuenden Müdigkeit und Mattigkeit umschlossen. Tante Sissi wünschte zwar, daß ich ihre Verwandlung in eine adrett geputzte, ältere Dame bis in das albernste Detail überwachte, doch immer sank ich in meinem rosa Sessel in der duftenden Luft zusammen und glitt mit den Gedanken davon in eine Art Dämmerzustand.

Das empfand ich selbst als Schwäche und war froh, daß Tante Sissi es mangels Brille nicht kontrollieren konnte. Fräulein Hunter wickelte schließlich die Tante aus dem Kittel und übergab sie mir mit einer augenzwinkernden Kumpanei, die ich nicht erwidern mochte. Vorher schob sie die Tante noch mit ihren Geierschwingen zum Zahltresen, und tatsächlich bewegte sich Tante Sissi wie auf Befehl mühseliger als auf dem Weg in den Salon oder sonst überhaupt in ihrem Leben. Ja, sie mußte mit all den verschieden großen, bunten Röllchen im Haar lange stillsitzen und verlernte dabei vielleicht das Laufen, aber dennoch schien es mir eher so, als wolle sie nicht recht wieder heraus aus dieser exklusiven Welt, übrigens unabhängig davon, ob Wetter und Jahreszeit bedrohlich oder verlockend wirkten.

Hatte ich der Tante die Treppe hinuntergeholfen, schnaufte sie ärgerlich wie jemand, dem ein Strich durch die Rechnung gemacht worden war. Sie schob ihren Ärmel zurück und sah auf die Uhr. Sie pflegte eine regelrechte Uhrenleidenschaft, und ich war immer froh, daß sie nicht so weit ging, zwei oder drei am Arm zu tragen. Egal, was die Uhr auch anzeigte, es war Zeit für einen Gang ins Stadtcafé, wie wir beide ohne Verständigung wußten.

Das wäre etwas für Tante Paula gewesen! Aber Tante Sissi schien noch nicht einmal auf die Idee zu kommen, ihre feierlustige Schwester zu so einem Kaffeetrinken zu bitten. Denn für Tante Sissi bestand das Fest wohl hauptsächlich darin, ohne ihre Schwestern in den wohligen Plüsch der Einrichtung, zugleich auch in die freundliche Aufmerksamkeit der Serviererinnen hineinzutauchen. Ich könne es ihnen aber ruhig erzählen, sagte sie ein ums andere Mal mit Verschwörermiene, ihr, Sissi, würde das überhaupt nichts ausmachen. Ich vermutete, daß sie für jeden eigenverantwortlichen Cafébesuch ein giftiges Telefonat von ihrer Schwester Helene kassierte, und schwieg über Sissis Extravaganzen, bis mir – zugegeben, nach viel zu langer Zeit – aufging, daß ich es erzählen sollte! Nur für die abwesende Tante Lene wurden hier der »Große Braune« und mindestens zwei Tortenstücke pro Person bestellt, von denen Tante Sissi kaum mehr als je einen Happs nahm.

»Tante Sissi, bestell dir doch erst mal ein Stück!« wagte ich beim vierten oder fünften Cafébesuch angesichts dieser Verschwendung zu sagen und hoffte zugleich, nicht wie eine Lehrerin, eine Aufsichtsperson oder gar wie eine – Tante zu klingen. Zu meinem Schrecken reagierte die Tante gar nicht beziehungsweise nur, indem sie die Kellnerin, ein blasses, devot lächelndes Fräulein, heranwinkte. »Was ist Ihr teuerster Kuchen?« fragte Tante Sissi ungeniert, so daß das Fräulein zurückprallte, und in der Hoffnung, nicht richtig verstanden zu haben, ein »Äh – was?« hervorquetschte, das sie jedoch gleich darauf wohlerzogen mit einem »Ich meine: wie bitte?« ungeschehen machen wollte. »Was ischt ihr teuerschter Kuchen?« rief Tante Sissi halblaut und, als seien mit der wachsenden Lautstärke weitere Hemmungen gefallen, in ihrem unbestimmbar süddeutschen Singsang. Vom Nebentisch blickte ein hagerer Herr auf, dessen verkniffene Lippen von den Freuden der Askese erzählten, ohne sich eine Spur zu öffnen. Er saß vor einem Mineralwasser und beschäftigte sich vermutlich damit, Studienrat im Ruhestand zu sein. Tante Sissi ließ sich von solchen Kleinigkeiten nicht beeindrucken, sie begriff nicht einmal ihren Fauxpas, der dafür der Kellnerin und mir, wie ich zugeben muß, ein wenig zu schaffen machte. Die Kellnerin war erkennbar unsicher, wie hier zu verfahren oder eventuell gar zu kontern sei, und so antwortete sie schließlich gehorsam, aber zugleich stellvertretend für Tante Sissi errötend: »Kronprinzessinnentorte«.

»Taugt die was?« fragte Tante Sissi, nun vollends losgelassen und großmannssüchtig, ohne ihre Stimme zu dämpfen. Das war zuviel für die Kellnerin, die »Ich bringe Ihnen ein Stück« flüsterte und davoneilen wollte in die hinteren Räumlichkeiten, die ihr als sicherer Hort erschienen im Vergleich zu einem Gastraum, der von einer unberechenbaren, ältlichen Angeberin mit frischer Dauerwelle beherrscht wurde.

»Zwei! Bringen Sie mir zwei!« rief Tante Sissi, und der Studienrat probierte ein arrogantes Lächeln. Wenn man allerdings sein ganzes Leben damit verbringt, die Lippen angewidert aufeinanderzupressen, gelingen einem derart subtile Gesichtsausdrükke nicht mehr, und es wurde eher eine Art mitleiderregendes, unkontrolliertes Zähnefletschen daraus. »Sind Sie krank?« fragte Tante Sissi ihn direkt und so höflich interessiert, daß ich einen Augenblick lang den Verdacht hegte, sie genieße diese Inszenierung eines grauenhaften Benehmens, aber als die Kellnerin mit zwei Tellern Kronprinzessinnentorte zurückkehrte, sah Tante Sissi sie vorwurfsvoll an, während die eingeschüchterte Servierkraft die wahrhaft eindrucksvollen Gebäckstücke vor uns niederstellte. Auf jedem Tortenstück, das übrigens mit ungesund rosa schimmerndem Guß überzogen war, prangte ein Marzipankrönchen. Die Serviererin ahnte, daß irgend etwas nicht in Ordnung war, und ihr Instinkt riet ihr, sich schleunigst in den Tortenaufbewahrungsraum zurückzuziehen, während es doch ihre Pflicht war, am Rande unseres hübsch gedeckten runden Kaffeetischchens stehenzubleiben und zu hören, was für ihre anspruchsvolle Kundin hier nicht stimmte. Tante Sissi blies die Backen auf und ließ zunächst ein verächtliches »pfft« hören. Die Kellnerin erzitterte und drehte ab. »Halt!« zischte meine plötzlich wahnsinnig gewordene Tante, und die Serviererin erzitterte noch einmal, drehte sich aber folgsam um. »Zwei!« zischte Tante Sissi. »Ich wollte zwei! Und meine Nichte möchte auch etwas bestellen.«

»Das ist ja nicht zu glauben!« röchelte der Studienrat, wobei er niemanden direkt ansprach, aber sich zugleich seiner Sache – und des Beifalls der wenigen um diese Vormittagsstunde im Stadtcafé versammelten, äußerst klapprigen Rentnergestalten – sicher zu sein schien. »Doch!« rief ich, von einer plötzlichen Solidaritätswelle mit meiner bedauerlichen Verwandtschaft erfaßt. »Bringen Sie mir bitte auch zwei«, hörte ich mich vornehm näseln und traute meinen Ohren nicht.

Um nicht selbst an dieser Stillosigkeit mitschuldig zu werden, trug die Kellnerin nun noch zwei neue Tellerchen mit rosafarbenen Tortenschnitzen auf, so daß vor jedem von uns nicht nur zwei Stück Torte, sondern auch zwei Teller und zwei Gabeln standen, was die ganze Angelegenheit noch lächerlicher machte.

Bis ich sie mit meiner unvorsichtigen Ermahnung gereizt hatte, hatte Tante Sissi immer noch einigermaßen im Rahmen des Konventionellen gelegen, indem sie zwei verschiedene Kuchen bestellte, die sie dann nicht aufaß, genaugenommen kaum anknabberte. Nun aber hatte sie den Gipfel ihrer Demonstrationskraft erreicht, als zwei völlig identische Kuchenstücke vor ihr standen und sie jedes ein wenig mit der Gabel anbohrte, wohl auch einige Krümel naschte. Vom linken Stück verzehrte sie die Hälfte des Krönchens und verzog dabei ein wenig das Gesicht. Mehr konnte sie unmöglich schaffen. Sie legte die Kuchengabel nieder, und ich dachte, das Schlimmste sei überstanden, aber da nahm sie die Kuchengabel vom rechten Teller auf und kickte mit einer überraschend schnellen Bewegung das andere Kronprinzessinnenkrönchen auf den Fußboden. Ich plagte mich inzwischen mit meiner eigenen Tortenüberlast und tat, als hätte ich nichts gesehen. Nach einem Dreiviertelstück mußte ich jedoch aufgeben: Die Kronprinzessinnenangelegenheit war zu süß für mich. Es gab ungezählte Schichten in dieser Torte, doch schienen die wenigsten aus solidem Teig zu bestehen. Marmelade, Nougat, Marzipan, Creme und Guß, in wechselnder Reihenfolge dünn aufeinandergestapelt – eine Zuckerbombe lag auf meinem Teller. Auf der Zunge explodierten die Happen, dehnten sich aus, klebten an den Zähnen und rutschten einfach viel zu langsam in den Schlund hinunter. Sollte ich mir das zweite Stück einpacken lassen, oder würde Tante Sissi das als Schmach empfinden? Ich wartete ab, was sie oder die Kellnerin tun würde, und besiegelte damit ein für allemal meine Kapitulation in Hinblick auf Tante Sissis Machenschaften. Angesichts meiner bedauerlichen Schwäche im Tortenessen und Entscheidungenfinden kamen sich das Fräulein Serviererin und die Frau Tante plötzlich wieder näher, indem sie einhellig mein aufgespartes Stück Kronprinzessinnentorte ignorierten.

Die ramponierten Kunstwerke auf Tante Sissis Tellern wurden anstandslos abgetragen, desgleichen das Trümmerhäufchen aus rosa Matsch, das von meinem ersten Stück übriggeblieben war. Der zweite Teller mit dem zweiten Stück blieb vor mir stehen, wahrscheinlich, falls ich bis zum nächsten Tag an jenem Tisch sitzen bleiben wollte und dann eventuell doch noch einen Hunger verspüren würde, einen Hunger nach einem Marzipankrönchen mit allem, was daran hing. Wie sollte ich je diesen Tisch verlassen können? Indem ich Tante Sissi folgte, natürlich. So einfach war das Leben mit den Tanten, wenn man sich darauf einließ. Ich bat Tante Sissi nie wieder, nur ein Stück zu bestellen, und sie tat mir dafür den Gefallen, nie wieder Kronprinzessinnentorte zu ordern.

Unsere Gespräche bei diesen Kaffeestunden verliefen in ähnlich sinnlosen Volten und Arabesken, wie sie sich auf der Tapete des Stadtcafés fanden, und wie sie aus Schokoguß mit dem Spritzbeutel vom

Konditor auf die Petits fours gezeichnet wurden.

»Wie geht es Detlef und Cornelia?«

»Gut. Sie haben letzte Woche angerufen.« Mehr erfuhr ich nur auf bohrende Nachfragen, zu denen mir bald der Mut fehlte. Ja, Detlef habe eine neue Stelle angetreten, nein, Cornelia sei doch nicht umgezogen. Das Stadtcafé gab Tante Sissi nicht den Rahmen für eine angenehme Unterhaltung, wie es vielleicht bei anderen Leuten der Fall gewesen wäre, sondern bildete das Zentrum ihrer Aufmerksamkeit. Fragte ich etwas, empfand sie das als unangenehme Ablenkung. All ihre Kraft war auf die Gegenwart konzentriert, auf das beharrliche Sitzen am Cafétisch und das Starren auf zwei beinahe unberührte Stückchen Torte, obwohl sie bei anderen Gelegenheiten durchaus zugänglich schien.

Nur einmal erwischte ich sie. Träumerisch sagte ich: »Onkel Heinz ...« Ihre Augen wurden wacher. »Ja? Ja? Was ist?« fragte sie, plötzlich gespannt. »Wann kam er eigentlich genau zurück?« erkundigte ich mich, und ihre Wangen röteten sich.

»Onkel Heinz, ach, ich weiß es noch genau. Wir wußten ja nichts! So lange wußten wir nichts, nicht einmal, ob er noch lebt. Eines Tages kam ein Brief. Ein Brief! Ich fand ihn; er lag im Flur. Auf dem Fußboden übrigens, das weiß ich noch genau, obwohl unter dem Briefschlitz in der Wohnungstür ja extra ein Korb für die Post hing. Der Brief! Auf dem Fußboden. Ein dreckiger Wisch, ich nahm ihn auf, ich hielt ihn in der Hand, und während ich den schmutzigen Knautsch so hin und her drehte, wußte ich es, aber ohne es zu wissen. Ich kannte ja die Schrift meines Vaters, ich erkannte sie, aber es war zugleich wie im Traum. Ich hätte natürlich deine Tante Jutta rufen sollen, überhaupt alles zusammenbrüllen, aber mir hat es den Hals abgeschnürt.«

Einen Augenblick schwieg Tante Sissi und destruierte mit ihrer Gabel das Stück Schwarzwälder Kirsch vor ihr, indem sie Klecks für Klecks die oberste Sahneschicht abtrug und an den Tellerrand häufte. »Stundenlang stand ich da. Dachte ich jedenfalls, in Wirklichkeit können es kaum Minuten gewesen sein. Am liebsten hätte ich ihn geöffnet, auf einmal schien es mein Brief zu sein, aber natürlich mußte ich ihn der Mama geben.«

Jetzt war sie bei der Teigschicht angekommen, die sich weniger leicht entfernen ließ. Sie versuchte auch, von ihrem Vorhaben abzulenken, indem sie mit der Gabel ein wenig auf dem Teller spazierenfuhr, sonderbar verschlungene Wege, bis ich in eine andere Richtung sah. Dann würde sie sofort die Rückverwandlung der Torte in ihre Bestandteile fortsetzen; da war ich ziemlich sicher.

»Onkel Heinz hat dich immer so sehr gern gehabt. Als du noch ganz klein warst, hast du ihn immer an die Hand genommen. Dann seid ihr in den Park spaziert und habt die Enten gefüttert.«

»Er zog das Bein nach«, bemerkte ich.

»Ja. Ja, es war nicht leicht. Es war wirklich nicht leicht für ihn!« Das Entenfüttern? Das Beinnachziehen? Das Gernhaben? Gespräche mit Tante Sissi führten ins Nichts.

»Du hast den Brief also Tante Jutta gegeben?« versuchte ich es noch einmal.

Tante Sissi hortete ein Häufchen Teigbröckchen auf der anderen Seite ihres Tellers. Anscheinend sollte die sauber geschichtete Torte reinliche Scheidung erfahren: Sahne links, Teig rechts. Die Guten ins Kröpfchen, die Schlechten unter den Tisch. Zwar paßte am Anfang das Tortenstück auf den Teller, und man konnte sich auch vorstellen, wie das Porzellan am Ende beiden Haufen Platz bieten würde, doch für die dazwischenliegenden Bauarbeiten der Tante war eigentlich kein Raum. Außer auf dem Tischtuch, aber Tante Sissi hielt auf sich, so daß sie auch noch kleine Wälle am Tellerrand errichtete, damit nichts auf das saubere Leinen plumpste. Sie glättete sie von außen mit der Gabel.

»Ich weiß es nicht mehr, oder – halt!« rief sie plötzlich. »Es war ja doch eher so, wie im Traum, so wie wenn man seinem Mörder gegenübersteht und nicht brüllen kann. Ich konnte ja nicht brüllen. Ich konnte noch nicht mal gehen, dachte ich, aber ich konnte doch gehen. Ich konnte gehen und den Brief in die silberne Schale für Visitenkarten bei der Garderobe legen. So taten wir es mit allen Briefen. Warum hätte ich es nicht tun sollen?« Ihr Ton wurde schärfer und defensiv, obwohl ich keinerlei Mißbilligung gezeigt hatte. Manchmal bekam sie plötzlich dieses Zähnefletschen wie ein kleiner Dackel, der wütend wird, weil man ihn nicht ernst nimmt. Ich vermute, es stammt aus frühen Jahren. Wenn Tante Lene in der Nähe ist, tut man gut daran, sich schon mal vorab zu wehren, wenn man davonkommen will. Und Tante Sissi war immerhin vorübergehend bis Süddeutschland gekommen.

»Ihr hattet eine silberne Visitenkartenschale?« fragte ich in einem grotesk kreischenden Tonfall, als hätte ich soeben den Schlüsselsatz in einer Boulevardkomödie hervorgestoßen. Das war mir unangenehm, aber der Gedanke, daß in der finsteren Wohnung, in äußerst bescheidenen Verhältnissen eine silberne Visitenkartenschale gestanden haben soll – und für wen, um Himmels Willen? – versetzte mir einen Schlag, weil ich dachte, jetzt lügt sie, aber wieso eigentlich? Tante Sissi schob ihre Unterlippe ein kleines Stück vor und räusperte sich. »Sie war nicht echt, natürlich. Solange die Flüchtlinge im dritten Zimmer hausten, hatten wir sie trotzdem weggeräumt. Dann stand sie irgendwann wieder da; ich weiß nicht, ob Mama sie hingestellt hat oder Paula. Sie stand wieder da wie früher, und die Briefe kamen hinein. Wie früher. So als ob –« Die Tante unterbrach sich und vertiefte sich wieder in die Arbeiten an ihrem Tortenstück.

Auf dem Teller hatte sie jetzt eine Art Kegel geformt, zu gleichen Teilen aus Bröseln und Sahne. Der Sahneteil war klebrig und etwas in sich zusammengesackt, der Bröselteil hielt natürlich nicht so gut, so daß noch eine gute Weile mit Krümelharken vergehen konnte. Die rote Cocktailkirsche, die im früheren Leben dieses Unglückshaufens keck den Höhepunkt markiert hatte, war allerdings verschwunden. Hatte die Tante sie gegessen? Oder hatte sie sie unter den Tisch fallen lassen wie einst das Marzipankrönchen? Tante Sissi, so ahnte ich plötzlich, konnte einmal ein schwieriger Pflegefall werden. Das Sprichwort, es sei noch niemand vor gefüllten Tellern verhungert, würde sie eines Tages mühelos widerlegen mit ihren komplizierten Speisebastelarbeiten. Sie würde einfach nicht mehr dazu kommen, sich die Nahrung einzuverleiben. Während sie es jetzt noch bei groben Umformungen beließ, würde sie vielleicht eines Tages den Reichstag aus Schokoladentortentrümmern nachbauen wollen. Ob es Heime gab, deren Personal für dergleichen kreative Schübe Verständnis haben würde? Oder würden sie der Tante die Hände am Sessel festbinden, als wenn sie tollwütig wäre, woraufhin sie eventuell tollwütig werden würde? Bei dem Argendorfschen Temperament konnte man nicht wissen, wie der Kampf ausgehen würde.

»Hat es geschmeckt?« fragte das Fräulein routiniert, als es an unseren Tisch kam, und ehe es die Bescherung auf Tante Sissis Teller wahrgenommen hatte. Dann starrte sie den Teller an, und ich starrte sie an. Nur Tante Sissi sagte höflich »Vielen Dank«. Die Kellnerin wurde rot, als sei alles ihre Schuld. So richteten es die Tanten gern mit ihrer Umgebung ein, aber es konnte auch sein, daß Tante Sissi wirklich so abwesend war, wie sie sich gerade benahm. Lag nicht ein leiser rosa Schimmer auf Tante Sissis Löckchen, die sich alle keck nach oben spitzten? Hatte Fräulein Hunter geheime Künste an ihr ausprobiert, die nicht nur Glanz über ihren flexiblen

Lockenpanzer warfen, sondern sie auch gegenüber Kellnerinnenblicken unverwundbar machten?

Meist ging es hinterher noch zu »Liebe«. Das war nach Tante Sissis Meinung die feudalste Parfümerie in der Stadt. Natürlich brauchte sie im Grunde nichts aus diesem Geschäft. Natürlich braucht im Grunde niemand etwas aus so einem Geschäft außer Kernseife, und die führen sie nicht. Tante Sissi wollte durch einen Hauch von Luxus wandeln, das hatte sie mit ihrer Schwester Tante Paula gemein, die sich aber bei »Liebe« niemals über die Schwelle getraut hätte. Tante Sissi mit ihrem frisch gestärkten Löckchenhelm ließ sich auch von den stark geschminkten, brathähnchenbraunen Parfümverkäuferinnen nicht einschüchtern. Dafür schien kein Entschluß nötig, es war vielmehr so, als ob sie den Unterschied zwischen diesen sorgfältig gepinselten Werbeflächen und ihrer eigenen rundlichen Dauerwelligkeit gar nicht wahrnahm.

Der Laden beherbergte ein ausgeklügeltes Labyrinth aus blitzenden Regalen, in denen Fläschchen und Tiegel, Töpfchen und Pinselchen, Döschen und Schächtelchen darauf warteten, diminuitive Glückseligkeit zu verbreiten. Es stank. Wie eine Hexenküche, die sich als Zuckerbäckerei tarnte, umgab uns das Ensemble. Tante Sissi ließ sich jedesmal etwas anderes vorführen: Parfümflakons, Schminkspiegelchen, Puderquasten. Hauptsache, es war klein, unnütz und in siebenundzwanzig verschiedenen Ausführungen zu haben. Parfümflakons zum Pumpen, kugelförmig aus Kristall, lang, schmal und emailliert für die Handtasche, mit goldenem Schraubverschluß oder kristallenem Pfropfen. Schminkspiegel zum Aufklappen in verschiedenen Größen und Farben, mit unterschiedlich vergrößernden Spiegeln auf der Innenseite. Ich ertappte Tante Sissi dabei, wie sie versuchte, bei einem Doppelspiegelmodell zum Aufklappen mit dem linken Auge in die linke Spiegelseite zu spähen, während sie gleichzeitig mit dem rechten die andere Hälfte beobachtete. Ich stand hinter ihr und sah in jedem Spiegelrund eines ihrer Augen, nur verschieden groß wie in einer Karnevalsbrille. »Tante Sissi, so ist das nicht gemeint!« Doch sie sah mich nur vorwurfsvoll an und schnaubte.

Am Ende kam, was unvermeidlich kommen mußte. Tante Sissi kaufte nichts oder höchstens ein Stück Seife, sah auf die Uhr und ging schließlich schamlos mit der scheinheiligen Wendung »Gibt es etwas Neues?« die erschöpfte Verkäuferin um kostenlose Proben an. Nun mußte sie sich hinter ihrem glitzernden Tresen bis zur billigsten Schublade bücken und winzige Tuben, Beutelchen und durchsichtige Kapseln herausrücken. Einmal tat die künstlich erblondete Mittvierzigerin, die diesmal das Pech hatte, es mit Tante Sissi aufnehmen zu müssen, als habe sie nichts gehört. Daraufhin blieb Tante Sissi einfach stur vor der Vitrine stehen, sah der Verkäuferin wohl auch ins Gesicht, bis sie entnervt aufgab.

Die Proben klebten an kleinen Werbeprospekten, auf denen Damen abgebildet waren, die nicht die entfernteste Ähnlichkeit mit Tante Sissi aufwiesen.

Auch die Verkäuferinnen wirkten allenfalls wie eine nicht sehr gelungene Imitation der Faltblattblondinen, doch schien dieser Umstand bei den sonderbaren Transaktionen noch am allerwenigsten zu stören. Es handelte sich anscheinend um eine unausgesprochene Prämisse, die außer acht gelassen werden konnte. »Tante Sissi, was willst du um Gottes willen mit ›Spezialpflege für junge und unreine Haut‹?« fragte ich, denn sie hatte mir alles zum Verstauen übergeben. Außer einem winzigen braunen Handtäschchen, indem nur der allerkleinste der Schminkspiegel einen Platz gefunden hätte, hatte ich sie nie irgend etwas tragen sehen.

»Man muß alles im Leben einmal ausprobieren, Kind«, erwiderte Tante Sissi mit Würde und ohne mir zugehört zu haben. Eine Debatte über den besten Zeitpunkt zum Ausprobieren würde sie nicht wünschen, aber ich konnte es nicht lassen.

»Wirklich alles, Tante Sissi?«

»Das ist eine Redensart, Jutta. Das weißt du recht gut.« Tante Lene hatte mir vor einiger Zeit anvertraut, daß Lise immer schon ein wenig schnippisch gewesen sei. Tante Lene schien es für einen Umstand zu halten, der Tante Sissis Lebensglück im Wege gestanden hatte, und einen Moment lang war ich darauf hereingefallen, bis ich mich daran erinnerte, daß Tante Sissi alles in allem keinen so unglücklichen Eindruck machte.

# 3

Ich wohnte seit meinem Umzug in die norddeutsche Kleinstadt in einer Mietwohnung in einem unauffälligen Haus, das sogar Menschen, die täglich mehrmals durch die Straße gingen, nicht vermißt hätten, wenn es eines Tages nicht mehr da gestanden hätte. Ein einfacher Klinkerbau aus den sechziger Jahren, dreigeschossig, je drei Wohnungen pro Etage, zwei davon mit Blick auf die Straße und einem häßlich verschalten Balkon. Die meisten »Parteien«, wie sie sich selbst nannten, wohnten anscheinend schon dort, seit das Haus gebaut worden war, und obwohl es mir bei meinem Einzug niemand direkt gesagt hatte, ahnte ich, daß meine betagte Vormieterin nach langen Mieterjahren hier gestorben und nicht etwa ins Altersheim abgewandert war. Die Wohnung war, als ich sie mir ansah, bereits komplett leer geräumt und renoviert, so daß ich keinerlei Spuren vorgefunden hatte. Ich konnte nicht einmal feststellen, welches der beiden beinahe gleich großen Zimmer wohl als Wohnraum und welches als Schlafzimmer gedient haben mochte. Wahrscheinlich gab das Zimmer mit dem Balkon den Wohnraum ab, weil es größer wirkte. So jedenfalls hatte ich es mir eingerichtet. Nachdem ich schon drei Monate in der Wohnung lebte, fand ich in der schmalen Ritze unter der Balkontürverschalung einmal einen zierlichen, silbernen Schlüssel. Er hätte zu einem Schmuckkasten oder einem sehr kleinen Schränkchen gehören können und blieb der einzige Nachlaß der Person, die zuvor in der Wohnung gelebt hatte. Sicherheitshalber verwahrte ich ihn, obwohl natürlich der Kasten mit dem zugehörigen Schloß nie wieder auftauchen würde. Vielleicht hatte der Schlüssel auch gar nichts mit der Mieterin zu tun, sondern war von einer Elster dort versteckt worden. Oder der Tischler, der einst die Balkontür einbaute, hatte ihn verloren.

Weil mein neues Heim von den Wohnungen meiner Tanten weit genug entfernt lag, mußte ich nicht befürchten, daß meine Verwandtschaft unangemeldet bei mir auftauchte. Nach einiger Zeit fand ich es irritierend, daß keine der drei alten Damen je den Wunsch äußerte, mich zu besuchen oder die neue Wohnung anzusehen. Selbst als ich sie schließlich offiziell zum Einweihungskaffee einlud, allerdings erst nachdem ich schon beinahe ein halbes Jahr dort lebte, suchten sie allerhand Ausflüchte.

»Mach dir keine Umstände«, warnte Tante Lene.

»Ich glaube, es ist uns zu weit«, sagte Tante Paula.

»Zur Zeit gehe ich nicht gern aus dem Haus«, bemerkte Tante Sissi.

Alle Angebote, die drei mit dem Auto abzuholen, alle Versicherungen meinerseits, keineswegs könne man von Umständen sprechen, wenn eine gesunde junge Frau eine Kaffeetafel für vier Personen ausrichtet, fruchteten gar nichts. Bei meinem Vorschlag, sie abzuholen, glitt ein Ausdruck der Wehmut über Tante Paulas Gesicht; ja, ich glaube, Tante Paula wäre gern gekommen, traute sich aber wegen Tante Lene nicht. Ohne Tante Lene irgendwohin zu gehen, war natürlich völlig undenkbar für sie, das war mir schon zu diesem Zeitpunkt klar. Warum jedoch Tante Sissi, die immerhin allein wohnte und auch allein mit mir zum Friseur fuhr, meine Einladung ebenfalls beinahe unhöflich ablehnte, ahnte ich nicht. Zuerst fühlte ich mich sogar ein wenig erleichtert, weil ich den Umgang mit meinen Tanten nicht ins Unübersichtliche ausufern lassen wollte, auch wenn ich sonst in dieser Stadt niemanden kannte. Daß sie von sich aus eine Grenze um meine Privatsphäre zogen, schien mir auf den ersten Blick sympathisch. Hatten sie nicht früher oft gesagt, junge Leute sollten unter sich sein?

Als ich jedoch einmal aus der Bibliothek nach Hause kam und von meinem häßlich verschalten Balkon in den Vorgarten hinuntersah, in dem ein langweiliges Rasenviereck von einer kurzgeschnittenen Dornenhecke in Schach gehalten wurde, für den Fall, daß es auszubrechen gedachte, getrennt von einem sorgfältig geharkten Streifen brauner Erde, auf dem überhaupt nichts wuchs, als ich mich also auf die Brüstung mit ihrer abblätternden Farbe stützte und in diese formvollendete Leere starrte, wußte ich plötzlich, daß ich mich täuschte. Sie hatten nie gesagt, daß junge Leute unter sich sein sollten. Das hatte meine Oma gern gesagt, und zwar immer dann, wenn sie auf Familienfeiern mitten unter ihren Enkeln, den Enkeln ihrer Geschwister und Cousinen hockte und kokett erzählte, wie sie als junges Mädchen ein Auto in den Stadtteich gefahren habe, was vermutlich gar nicht stimmte, aber nicht mehr nachzuprüfen war. Mit dieser Geschichte hatte sie stets ihre Zuhörer eingefangen – wer ihre Lügen schon auswendig kannte, lächelte aus Höflichkeit oder aus Peinlichkeit tapfer mit in die Runde. Wenn dann alle applaudierten, versuchte Oma zum Schein, sich zu verabschieden, und erntete mittelaufrichtigen Protest. »Junge Leute sollten unter sich sein« bedeutete, daß man sie den ganzen Abend nicht mehr los wurde. Gemessen an ihrem frohen Strahlen war es vielleicht nur ein kleines Opfer, das ihre jungen Verwandten in den folgenden Stunden brachten, und es störte mich auch nicht im Ernst. Meine Wut galt vielmehr ihrer Selbstgefälligkeit, mit der sie annahm, ihr Trick sei undurchschaubar und würde stets aufs neue blendend funktionieren, kurz: der Selbstverständlichkeit, mit der sie uns für blöd verkaufte.

Die Tanten, so schien es mir nun plötzlich, hatten etwas zu verbergen. In ihrem eigenen Leben verbarg sich das offenbar von selbst, ohne daß sie sich große Mühe geben mußten. Der Schritt über meine Schwelle aber war zu gefährlich, hier konnten sich die Dinge auf eine Art entwickeln, die ihnen die Kontrolle entgleiten ließ. Was aber mochte das Unbeherrschbare sein, das sich nur in ihrer vertrauten Umgebung unter Verschluß halten ließ?

Ich ging zurück in mein Zimmer, schloß die Balkontür hinter mir und setzte mich auf das Sofa. Was taten die Tanten, wenn ich nicht in der Nähe war? Ich könnte sie fragen, aber eine Antwort war kaum zu erwarten. Welcher meiner Tanten war ein peinliches Geheimnis zuzutrauen? Tante Helene, dem Feldwebel unter den Schwestern, wohl kaum. Gäbe es etwas Unangenehmes in ihrer Vergangenheit, sie hätte es gewiß streng unter Kontrolle. Es war undenkbar, daß jemand Tante Lene irgend etwas am Zeug flicken konnte. Abgesehen davon, daß ich es ja auch gar nicht wollte. Ich wollte sie ja nur zum Kaffeetrinken einladen. Meinen nächsten Gedanken, daß es vielleicht gar nicht um ein Geheimnis aus der Vergangenheit ging, sondern um etwas Aktuelles, ja Akutes, das gefährlich ans Tageslicht dringen könnte, sobald ich die Tanten erst einmal in meinem Wohnzimmer versammelt hatte und zum Kuchenessen nötigte – diesen Gedanken verfolgte ich nicht im Ernst weiter.

Für etwas wirklich Gefährliches schien mir auch Tante Sissi nicht in Frage zu kommen. Die Schande ihrer Vergangenheit, die Heirat mit dem süddeutschen Hallodri, lag ja zur großen Pein ihrer Schwester Helene für jedermann offen zutage. Vielleicht war Tante Lene sogar ganz froh, daß Sissis Kinder »anderswo« lebten, damit man nicht dauernd handgreiflich an den kleinen Ausbruch der kleinen Lise erinnert wurde. Wenn Sissi schon aus diesem schweren Lebensfehler kein Geheimnis machte, konnte es eigentlich sonst nur noch wenig geben, was sie verbarg.

Blieb Tante Paula als letzte Kandidatin übrig. Ja, es stimmte, ich konnte Tante Paula nie ohne die Aufsicht ihrer Schwester Helene sprechen, die immer streng darauf achtete, was Paula erzählte. Aber Tante Paula sprach immer nur über Onkel Heinz. Ein eigenes Leben hatte sie meines Wissens nie gehabt, und selbst wenn sie doch etwas erlebt hätte – schlimmer als Sissis Handelsvertreter konnte es kaum sein. Außerdem hatte ich sie schließlich nicht allein zu mir geladen; Tante Lene hätte wie jederzeit die volle nachdrückliche Aufsicht über sie ausüben können; es sei denn, Tante Lene verlor jenseits ihrer eigenen vier Wände auf geheimnisvolle Weise ihre Feldwebelqualitäten. Das war zwar schwer vorstellbar, aber blieb immerhin eine Möglichkeit. Vielleicht verschwand bei allen dreien außerhalb ihrer gewohnten Umgebung ihr bißchen Kraft, ihre Form, ihre gut geordnete Dreiheit. Vielleicht geriet alles durcheinander.

Schließlich dachte ich nicht mehr daran. Es konnte ja auch nur eine Laune sein, die Schrulligkeit des Alters oder sonst eine fixe Idee. Vielleicht erschien das Stadtviertel, in dem ich wohnte, nicht respektabel genug, obwohl es mir nicht so vorkam. Auf jeden Fall aber waren die Häuser lange nicht so alt wie in der Körnerstraße und galten deshalb möglicherweise weniger.

Weil Tante Helene mich angerufen hatte, um mir zu sagen, daß am nächsten Tag der Elektriker in die Tantenwohnung kommen sollte, und zu fragen, ob ich nicht aus diesem Anlaß zu einem Vormittagskaffee vorbeischauen könnte, kreuzte ich pünktlich in der Körnerstraße auf. Diesmal klingelte die Klingel, ich erinnere mich genau. Sie stotterte nämlich etwas, als müsse sie sich erst räuspern, weil sie schon so lange nicht mehr benutzt worden war. Es dauerte eine ganze Weile, bis der Summer ertönte. Als ich im zweiten Stock angekommen war, stand Tante Paula in der Tür und knetete ihre Hände. »Jutta«, sagte sie. Dann schwieg sie, als sei etwas passiert. »Was ist denn?« fragte ich erschrocken und versuchte, in die Wohnung zu gelangen, aber Tante Paula blieb einfach stehen, eine Hand am Pfosten, die andere fest an die Türkante gekrallt; ein kleiner, runder, zuverlässiger Korken gegen die Außenwelt.

»Lene ist weg«, sagte sie schließlich gepreßt, während sie an mir vorbei ins dunkle Treppenhaus sah, als ob sich ihre Schwester dort überraschend materialisieren könnte. »Weg? Wie weg?« fragte ich dumm, obwohl ich bei mir dachte, weg ist weg, was spielt das schon für eine Rolle. »Sie ist zum Arzt«, antwortete Tante Paula seltsam unsicher, »und der Elektriker ...«

»Ist es schlimm?« Meine eigene Stimme klang mir hohl. »Der Elektriker«, wiederholte Tante Paula und blickte kurz zu mir hoch, offenbar plötzlich erstaunt, daß ich vor ihr stand. Sie atmete einmal tief durch und sagte schließlich: »Lene ist zum Arzt, und ich habe den Elektriker weggeschickt, weil ich ihn allein nicht wollte. Hier. Ich meine, ich allein. Das geht doch nicht.«

»Ist sie krank?« fragte ich, obgleich ich dachte, Arzt ist Arzt, natürlich ist sie krank. Frag doch nicht so blöd. »Gesagt hat sie nichts«, sagte Tante Paula und sah mich unsicher an. »Nun laß mich doch herein«, bat ich Tante Paula, aber erst als ich ihre Hand ergriff und vorsichtig von der Tür wegzog, gelang es mir, an ihr vorbei in die Wohnung zu gehen. Sie blieb einfach in der Tür stehen, als erwarte sie noch weiteren Besuch, bis ich sie schließlich hineinführen mußte.

Ich versuchte, die milchige Deckenlampe im Flur anzuknipsen, aber sie funktionierte nicht. »Der Elektriker ...«, murmelte Tante Paula wieder, aber diesmal hatte ihr Gestammel einen Sinn. Natürlich, der Elektriker hatte das Flurlicht reparieren sollen. Der Flur hatte keine Fenster und lag so im dünnen Halbschatten des spärlichen Tageslichts, das durch die geöffnete Wohnzimmertür und die Glasscheibe in der Küchentür hineintröpfelte. Ich schob Tante Paula in die Küche, in der Hoffnung, dort, in ihrem angestammten Terrain, würde sie sich schneller wieder beruhigen. Aber statt sich hinzusetzen, blieb sie hinter einem der Stühle stehen und strich mit ihrem rechten Zeigefinger auf der Lehne hin und her. »Nun setz dich doch erst mal hin«, sagte ich schließlich, und zu meiner Überraschung gehorchte Tante Paula ohne Widerworte oder Verzögerung. Etwas verkrümmt hockte sie auf ihrem Stuhl, so als habe sie eigentlich kein Recht, hier zu sein. Jetzt zog sie mit ihrem Zeigefinger die aufgedruckte Blumengirlande der Wachstuchdecke nach, von links nach rechts, als würde sie eine nur ihr vertraute Geheimschrift applizieren. Ihre Augen verfolgten ihre Hand; wenn der Finger vom krassen Rot abrutschte in das verwaschene, durchmischte Beige, begann sie wieder ein Stück weiter links von neuem. Ich holte eines der altmodischen, dünnwandigen Trinkgläser aus dem Küchenschrankaufsatz, füllte es am Ausguß mit Wasser und schob es zu ihr hinüber, als ich mich setzte. »So, Tante Paula, nun erzähl mal.«

»Der Elektriker«, versuchte sie es wieder, aber als sie damit nicht weiterkam, stellte sie plötzlich um. »Lene«, sagte sie jetzt. »Lene. Sie sah so blaß aus. Sie ist doch sonst immer so«, Tante Paula suchte nach einem Wort, »wie ein starker Kaffee, wenn du weißt, was ich meine, Jutta.«

Ja, sagte ich, das wisse ich, obwohl ich mich insgeheim über ihren Vergleich wunderte. Hatte sie ihn seit Jahren parat, falls einmal jemand käme und fragte, wie sie, Paula Argendorf, ihre ältere Schwester Lene am ehesten beschreiben würde? War es das, womit sie sich in den stillen Stunden in diesem Haushalt beschäftigte? Worte zu finden, Beschreibungen, die wahrscheinlich niemals jemand zu hören bekäme? Oder sah Tante Lene selbst sich so und hatte ihrer kleinen Sklavin ihre Perspektive beigebracht?

»Vielleicht hat sie eine Grippe? Hat sie denn nichts gesagt?« fragte ich und ärgerte mich im selben Moment schon wieder. Erstaunlicherweise aber beruhigte mein Einwurf Tante Paula. »Jaja, Grippe. Grippe könnte sein. Grippe grassiert. Sie grassiert doch?« fragte die Tante und legte den Kopf schief wie ein kleines Hündchen, das um eine Wurstpelle bettelt.

»Ich glaube, ja.« Es war sogar noch etwas Wurst an der Pelle, und Tante Paula nahm ihre Hände vom

Tischtuch und strich sich ordnend über ihr Haar. »Gott, Jutta, ich habe dir ja gar nichts angeboten, entschuldige. Aber ich habe mich so aufgeregt. Sie kann mich doch nicht hier allein lassen, wenn der Elektriker kommt. Und dann noch, ohne was zu sagen ... Warte, ich mache uns einen schönen Kaffee.« Schon hatte sie sich am Tisch hochgestemmt, Form angenommen und den Kurs zum Küchenschrank eingeschlagen. Die vertrauten Handbewegungen, das Kniffen der Filtertüte, das Abmessen von Pulver und Wasser gaben ihr das bißchen Sicherheit zurück, über das sie normalerweise in ihrer Küche verfügte. Sie zog ein Tablett hinter dem Schrank hervor, ordnete zwei Tassen darauf, Löffelchen, Zuckerdose, Milchkännchen. Als sie die Keksschachtel heraussuchte, wollte ich eingreifen. »Tante Paula, das ist doch nicht nötig jetzt.« Aber sie schüttelte nur stumm den Kopf und ordnete die Kekse in eine kleine blaue Glasschale, die beinahe übermütig wirkte und die ich noch niemals zuvor im strengen Tantenhaushalt gesehen hatte. Sie nahm das Tablett, als habe sie eine Aufgabe, die es zuverlässig und elegant zu erledigen galt, und steuerte das Wohnzimmer an. Ich folgte ihr. Es war ein schummriger Tag, der den freudlosen Eindruck der dunklen Möbel noch verstärkte. Automatisch griff ich zum Lichtschalter, damit die gelblichen Ampeln an ihrem Holzgestell jedenfalls ein bißchen Helligkeit um uns verbreiteten, aber auch sie funktionierten nicht. »Der Elektriker«, murmelte Tante Paula entschuldigend, »ich konnte ihn nicht hereinlassen, weißt du. Vielleicht kommt er morgen wieder. Wenn Lene ihn anruft. Oder willst du ihn anrufen?« Sie erwartete offenbar keine Antwort, denn sie verschwand schon wieder; und ich hörte sie in der Küche kramen. Gleich darauf kehrte sie mit einer Kerze in der Hand zurück; nicht die Art Kerze, die Leute herumstehen haben, um ihren Geschmack zu beweisen, sondern die Art Kerze, die jahrelang in der Küchenschublade ruht und auf ihren unwahrscheinlichen Einsatz bei einem Stromausfall wartet: angestaubt, schon einmal bei längst vergessener Gelegenheit angezündet, weggeordnet, endgültig vergessen. Vergessen, außer von Tante Paula. Die kleinen Dinge markierten ihr Revier, da kannte sie sich aus, da konnte keiner mithalten. Sie setzte die verblaßte rote Kerze auf eine Untertasse und zündete sie an. »Wie im Krieg«, sagte sie und lächelte, »ach, da ging das manchmal tagelang.« Dann schenkte sie Kaffee ein: »Milch, Jutta? Zucker, Jutta? Einen Keks, Jutta? Nimm einen Keks. Die sind nicht aus dem Supermarkt, die hat Lise neulich mitgebracht. Sie sollen etwas Besonderes sein, wenn ich auch vergessen habe, warum. Nimm einen.« Sie waren nichts Besonderes. Der Keks war nicht ganz so exakt geformt wie die Exemplare aus dem Supermarkt, ein wenig zackiger. Im Mund erschien er brüchiger, auflösungswilliger, wie stark gealtert, aber sein Geschmack war bestenfalls als durchschnittlich zu bezeichnen. Unwillkürlich fiel mir das Wort Vorkriegsware ein.

»Wie war das eigentlich im Krieg mit Tante Jutta und Onkel Heinz?« fragte ich.

»Ach, du machst dir ja keine Vorstellung. Es gab ja nichts! Es gab ja nichts! Na, im Krieg gab es noch ein bißchen. Wir sind zu den Bauern hamstern gefahren, oh, die haben sich ihre Kuhställe vergolden lassen können von den letzten Hellern der Städter. Von uns! Aber wir hatten ja nichts mehr. Einmal bin ich mit Tante Jutta los und habe unser Leinen versetzen wollen, Tischtücher, Bettwäsche, Handtücher, einfach alles. Sonst hatten wir ja nichts mehr. Tante Jutta half bloß tragen, mit den Bauern reden mußte ich. Und weißt du, was der zu mir sagt? Junge Fru, den oolen Kram nehmt se sick man wedder mit. Da künnt sche all mien Swien druff pedden! So viel Leinen hatten die. Die Bäuerin hätte gerne Nähseide gehabt, dafür hätte sie sogar Speck gegeben, aber Nähseide hatten wir selbst schon lange nicht mehr. Jetzt habe ich jede Menge, zur Sicherheit. Willst du mal sehen?« Ich schüttelte den Kopf. Antworten konnte ich nicht, weil einer der bröseligen Kekse in meinem Munde aufquoll; je mehr ich mich bemühte, den Keksbrei herunterzuschlucken, um so voluminöser schien er zu werden.

»Onkel Heinz, ja, der hätte uns sicherlich geholfen, aber der war ja anderswo. Lise lebte bei Onkel Hermann und Tante Gertrud in Kleinbardestorf; die sollte durchgefüttert werden, auf dem Land. Und die Bomben haben sie auch reineweg vigelinsch gemacht. Die kam erst nach dem Krieg zurück. Obwohl wir gar nicht so viele Bomben hatten. Beinahe gar keine. Und Lene, ach, Lene, die war ja reineweg gar nicht zu gebrauchen wegen ihrem Krempfeling.

Oder war sie da schon weg? Und was deine Tante Jutta war, meine Mutter, ach nein, da war ja kein Staat mit zu machen. Das darf ich wohl so sagen. Tagelang hat sie im Bett gelegen. ›Ach Paulakind, ich fühle mich nicht so recht. Sieh doch mal zu, ob du nicht irgendwas besorgen kannst.‹ Ja, da sah ich also zu. Und zur Schule ging ich erst auch noch, und dann war ich Verkäuferin bei Stegemann. Tante Jutta hat aber gar nichts getan. Einmal habe ich sie richtig angeschrien. ›Steh auf! Steh auf!‹ Kannst du dir das vorstellen?«

»Nein«, antwortete ich. Tante Paula, auch wenn sie einmal jung gewesen sein sollte, hatte schwerlich jemals die Energie aufbringen können, jemanden anzuschreien, ganz zu schweigen von dem Mut, der benötigt wurde, um die eigene Mutter zur Ordnung zu rufen.

»Ja, aber ich war ganz verzweifelt. Ich konnte mich doch nicht um alles kümmern und dann auch noch um Tante Jutta. Wenn sie nicht aufstand, dann stand sie nämlich wirklich nicht auf. Ich sollte sie morgens vor der Arbeit im Bett waschen; auf den Nachttopf ging sie sowieso, das Essen mußte ihr gebracht werden. Wenn ich von der Arbeit nach Hause kam, ich war ja noch ein Lehrmädel, der Tag war so lang, all das Gestehe immer, und dann noch die Kunden, also, wenn ich nach Hause kam, sollte ich an ihrem Bett sitzen und ihre Hand halten. Nun, später, als sie wirklich krank war, als sie wirklich sterben wollte, habe ich das gern getan, aber damals, ach, sie hatte ja gar nichts! ›Steh auf!‹ habe ich da einmal geschrien. ›Steh auf, Mutter! So geht es nicht weiter!‹ Da fing sie an zu weinen: ›Mein Mann ist in Polen‹, weinte sie, ›in Polen! In Polen! In Polen!‹ Dabei war jeder Mann irgendwo, anderswo, außer dem alten Heinecken, der hatte eine Kriegsverletzung aus dem ersten Weltkrieg und konnte nicht mehr. Der zeigte immer auf seinen Armstumpf, zwinkerte mit den Augen und sagte: ›Meine Lebensversicherung! Frau Argendorf, das ist meine Lebensversicherung!‹ Das wollte Tante Jutta natürlich nicht hören wegen Onkel Heinz und Polen, und ihr Mann hatte ja keine Lebensversicherung. Aber Heinecken hat es jeder Frau erzählt, die einen Mann im Felde hatte oder einen Sohn. Das war seine Rache für den Arm und daß ihn keine genommen hatte.«

»Onkel Heinz war in Polen?« fragte ich. »Ja, er war anderswo, das weißt du doch. Deshalb kam er ja auch so spät wieder, ins Bergwerk mußte er, und hier war dann alles schon – ach, eben anders. Das war nicht schön für ihn. Er hätte wohl auch noch etwas gekonnt im Leben, hätte es schön haben sollen, und dann das. Er konnte ja nichts dafür. Hörst du? Niemand konnte etwas dafür. Der alte Heinecken hat immer gesagt: Nee, Frau Argendorf, ich will ja nichts sagen, aber mit ihrem Mann, das wird nicht wieder. Als wir noch nicht wußten, wo er war. Ob er überhaupt noch da war. Das wußten wir ja nicht, und dann immer Heinecken, der Eckensteher mit dem Arm, also, ich meine, ohne den Arm: ›Nee, das wird nicht wieder, das wird nicht wieder.‹ Also Jutta, du machst dir wirklich keinen Begriff davon.«

»Und was hat er da gemacht?«

»Heinecken? Heinecken hat nichts gemacht. Rumgestanden. Der kriegte Versehrtenrente, und dann das verkaufte Haus –«

»Onkel Heinz, meine ich. Was hat Onkel Heinz in Polen gemacht?«

»Was soll er da gemacht haben? Ich verstehe dich wirklich nicht. Es war doch Krieg, und dann mußte er eben ins Bergwerk. Was hast du eigentlich gemacht?«

»Wie? Was habe ich gemacht?«

»Was du gemacht hast, will ich wissen. Spazierst einfach herein, wohnst jetzt hier, warst anderswo dein Leben lang – was hast du da gemacht?«

Es war das erstemal, daß Tante Paula sich für etwas aus dem Anderswo interessierte. Sie hatte mich einfach überrumpelt. »Also, ich hatte – ich war – da war«, ich schluckte und mußte mich räuspern. Ausgerechnet Tante Paula! Ich faßte es nicht. Von Tante Lene hätte ich es erwartet, in ihrer herrischen Art, von Tante Sissi vielleicht eine freundliche, beiläufige Frage, aber Tante Paula – Tante Paula, die nicht über den Horizont ihrer Küchenhalbgardinen hinausblicken konnte, war nicht zuständig für Recherchen in meiner Vergangenheit. Still saß sie da. Sie kramte nicht, sie fummelte nicht, sie hatte die Hände ordentlich links und rechts neben ihre Kaffeetasse sortiert und sah mich erwartungsvoll an. »Es ging eben nicht mehr, Tante Paula. Da war ein Mann, ja, da war etwas. Und dann ging es nicht mehr.« Davon verstehst du nichts, hätte ich beinahe noch hinzugesetzt. Ich war rot geworden, nicht wegen der Männergeschichte, sondern weil sie mich derart zum Stammeln gebracht hatte. Warum konnte ich es nicht von Anfang an erzählen? Wie ich Jochen kennengelernt hatte, und all das? Oder warum hatte ich nicht distanziert und kühl »Ich war verlobt« über den Tantenkaffeetisch geschmettert, in einem Ton, der keinerlei Nachfragen duldete? Wieso hatte ich nicht einfach gelogen?

»Das tut mir leid, mein Kind. Nun, so etwas kommt vor. Übrigens war es das Lieblingsbild von Onkel Heinz.« Einen Augenblick lang war ich verwirrt, bis ich bemerkte, daß ich in meiner Verzweiflung das Segelschiff angestarrt hatte, jenen ödesten, einsamsten Ort unter einer fadenscheinigen Sonne, dort, wo man alle Hoffnung fahren lassen muß, wo einem die Segel in Fetzen um die Ohren fliegen und die Planken knarren vor dem Ansturm der turmhohen Wellen, ehe sie bersten, aufgeben mit trockenem Knall, und man weiß, jetzt, genau jetzt ist es zu Ende. Aber dann ist niemand da, dem man es mitteilen kann. Auf dem ganzen Bild ist niemand zu sehen, der es hören wollte, wie alles mit einem Schlag zu Ende sein wird. »Es ist schön«, sagte ich ohne rechte Überzeugung, nur um überhaupt etwas zu sagen. »Ja, nicht wahr?« strahlte Tante Paula. »Es hat so etwas Gewisses. Das hat dein Onkel Heinz immer gesagt. Etwas Gewisses. Oder ein Geheimnis. Ein Geheimnis? Ja, ich glaube, ein gewisses Geheimnis. Er hat dich auf dem Arm gehalten, damit du das Bild auch sehen konntest. Du hast darauf gezeigt, mit deinen kleinen Fingerchen, auf das Schiff, und ›Da!‹ gerufen, immer wieder. Das war, bevor ihr anderswo gelebt habt. Und Onkel Heinz war so froh, daß du das Bild genauso gern hattest wie er.«

Tante Paula hatte mir Kaffee nachgeschenkt, sich selbst aber nicht. Trotzdem rührte sie jetzt gedankenverloren in ihrer Tasse herum, in der nur noch eine kleine hellbraune Pfütze den Boden bedeckte. Am Porzellan hatten sich innen braune Ringe abgelagert, die die Pegelstände von Tante Paulas Kaffee an diesem Morgen getreulich wiedergaben, scharfe Markierungen in einem aufregenden, sonst ungeordneten Vormittag. Monatelang hatte ich es geschafft, nicht an Jochen zu denken oder jedenfalls so zu tun, als würde ich nicht an ihn denken. So sollte es bleiben. Ich war nicht in die Stadt der Tanten gezogen, um dabei meine Erinnerungen hinter mir herzuschleppen wie einen Treibanker. Ich stand auf und knipste am Lichtschalter.

»Aber Jutta«, seufzte Tante Paula, »du weißt doch, der Elektriker ... Ich hoffe, er kommt morgen noch mal. Das ist ja kein Zustand. Lene soll ihn anrufen, gleich nachher. Es ist so schwierig geworden mit den Handwerkern. Man mag ja auch nicht jeden in die Wohnung lassen. Hoffentlich kommt Lene bald. Ich kann dir gar nicht sagen, was für Sorgen ich mir mache. Du machst dir keinen Begriff davon. Lene geht nie zum Arzt. Nie! Seit unser alter Doktor Markmann nicht mehr lebt jedenfalls. Glaubst du, es ist irgend etwas Schlimmes?« Ihr Gesicht schien zu schrumpfen, als sie die Rede auf ihre Schwester brachte. Am Ende hockte sie wie ein ängstliches Mäuschen auf der Stuhlkante. So kannte ich Tante Paula, und wenn es mir auch leid tat, daß sie sich Sorgen machte, beruhigte es mich doch zugleich, zu sehen, wie geschmeidig sie in ihre alte Hülle der kleinen und verschüchterten Schwester zurückglitt.

»Nicht doch, Tante Paula. Es wird schon nichts Schlimmes sein. Vielleicht hast du alles ganz falsch verstanden.« Jochen. Wie er dastand am Ende, die Schultern ein wenig hängend, resigniert, den Blick betont auf die Dielen geheftet, als gäbe es da Bedeutendes zu erforschen. Er wollte so aussehen, als ob ich an allem schuld sei. So sehr schuld, daß einem nichts anderes übrigblieb, als Dielenforschung zu betreiben. Als könne man niemals wieder hochsehen. Dabei hatte niemand die Schuld. Hörst du? Es konnte niemand was dafür. Es wird nichts Schlimmes gewesen sein. Nichts wirklich Schlimmes.

»Was deine Tante Jutta war, also, sie war kein schlechter Mensch. Wirklich nicht. Nicht, daß du ein falsches Bild hast. Sie hatte eine zarte Konstitution, weißt du? Für den Krieg war sie einfach nicht gemacht. Du machst dir keinen Begriff davon. Wie sie gelitten hat! Sie zitterte ja reineweg, zitterte jeden Morgen und jeden Abend. ›Es wird mir nun bald zuviel‹, das hat sie wirklich gesagt, beinahe jeden Tag hat sie es gesagt, und ich hatte fürchterliche Angst, denn ich wußte nicht, was passieren würde, wenn es ihr zuviel würde. Jeden Abend, wenn ich von Stegemann nach Hause kam, hatte ich Angst. Außer mir war ja niemand da, auch Lene nicht. Nie, nie wußte ich, was ich tun sollte, damit es ihr nicht zuviel würde. Davon ahnt niemand etwas, bis heute nicht. Einmal war sie verschwunden, ich weiß es noch, es war ein Sonnabend, im Sommer. Ich hatte Angst, Angst wie jeden Tag, wenn ich in die Wohnung kam, und plötzlich war sie weg. ›Jetzt ist es ihr zuviel geworden‹, habe ich ganz laut gesagt; es war ja niemand da, der mich hören konnte, die Flüchtlinge kamen erst später. Und weißt du, Jutta, was komisch war? Es hat mir gar nichts ausgemacht. Es war wie etwas, das so sein sollte. Sie hatte es gesagt, nun war es soweit, schön und gut. Hier habe ich mich hingesetzt, so wahr ich hier sitze, und gedacht, daß es gut ist.«

Wäre es anders gekommen, wenn ich nicht das Haus verlassen hätte? Wenn Jochen und ich die ganze Zeit in seiner Wohnung geblieben wären, Tag für Tag und Nacht für Nacht; man hätte den Pizza-Service kommen lassen können, den Lebensmittelbringdienst, den Müllabholer und was man noch so braucht; die Vorhänge geschlossen, die Tür verrammelt, drinnen bleiben, Jalousien heruntergelassen, die Welt abgeschafft. Selbstverständlich wäre dann alles anders gekommen. Was für eine Frage.

»Natürlich war sie dann nur bei Tante Finchen, ja, stell dir vor, mit einem Mal ging es ihr besser. Morgens hatte sie es nicht einmal bis zur Toilette geschafft, aber nachmittags spazierte sie quietschvergnügt durch die halbe Stadt zu Tante Finchen. ›Hier redet ja keiner mit mir‹, hat sie gesagt, als sie zurück war, ›ich brauche auch einmal eine Ablenkung.‹ Das war alles. Dann hat sie sich wieder ins Bett gelegt und über Polen, Polen geweint. Nun sag mal selbst: Hast du Töne?«

Tante Paula hatte die Hände an der Tischkante aufgebahrt, zwei brave kleine Tierchen im Kauerschlaf, und den Mund ordentlich zusammengelegt, Kante auf Kante, wie eine gefaltete Serviette. Sie sah mich an, als schuldete ich ihr eine Erklärung, aber ich bemerkte einfach nichts. Ich rührte die bittere Kaffeepfütze in meiner Tasse um und beobachtete das verwirbelnde Dreckwasser, als gelte es, ein kompliziertes physikalisches Experiment zu beurteilen. Schließlich griff ich zielsicher den belanglosesten Aspekt der Geschichte auf: »Wer war denn Tante Finchen?«

»Ach Finchen, Tante Finchen mit den butterweichen Krapfen, die kennst du gar nicht mehr? Na, ihr wart ja anderswo«, schnappte Tante Paula. Auch sie schien nicht willens, weitere Erklärungen abzugeben, doch ohne den soliden Rahmen des Redens oder Zuhörens, vor allem aber ohne ihre Schwester, die ihr normalerweise den Platz und die Rede zumaß, die Paula in der Welt beanspruchen durfte, sackte sie minütlich weiter in sich zusammen. Wenn ich nicht bald etwas unternahm, würde sie wahrscheinlich unter den Kaffeetisch rutschen.

Mein Blick verlor sich wieder in den hingepinselten, aufgepeitschten Wellen, an denen das doch durchaus nicht kleine Segelschiff klebte wie ein schief aufgesetzter Karnevalshut. Das konnte ja nicht gutgehen! Die Kugeln des Mobiles schwebten leise und zufrieden umeinander, von Zauberhand berührt, denn in der Stube regte sich kein Lüftchen. Aller Wind war für alle Zeiten in das Seebild hineingesogen und fixiert worden, weitere Luftbewegungen konnten in seiner Umgebung nicht gestattet werden. Endlich klirrte ein Schlüssel im Schloß der Wohnungstür, aber Tante Paula schien nichts zu bemerken. Vielleicht war sie ein wenig schwerhörig?

»Das wird Tante Lene sein«, sagte ich zu ihr und erhob mich, um die lang Erwartete im Flur zu begrüßen. »Ich bin nicht taub«, zischte Tante Paula und zog mich mit einer überraschend kräftigen Bewegung auf meinen Stuhl zurück. Ehe ich mir über ihre Absichten klargeworden war, hatte sie mir auch schon Kaffee nachgeschenkt und biß nachgerade verzweifelt in einen von den trockenen Keksen. »Wie ich schon sagte, meine Liebe«, sagte sie sehr laut – zu mir, wie ich überrascht feststellte, denn sie hatte mich zuvor niemals »meine Liebe« genannt, »wie ich schon sagte: Langeweile kenne ich nicht. Nie! Es hängt doch alles immer ganz von einem selbst ab, nicht wahr?«

Das schiene mir auch so zu sein, gab ich zu, um überhaupt etwas zu sagen. Tante Paula, ein paar Krümel im Mundwinkel, legte wie horchend den Kopf ein wenig schief, während draußen an der Garderobe leise der Stoff raschelte. Falls Tante Paula das hören konnte, hatte sie Ohren wie ein Luchs (wie Tante Sissi gerne sagte, allerdings von sich selbst, und es stimmte nicht einmal). Vielleicht war es aber auch nur eine gewohnheitsmäßig angenommene Haltung, ein kleines Verharren und Abwarten, ehe es ernst wurde.

Tante Lene öffnete mit ein bißchen Krach die Tür, energisch, sie hatte einen Auftritt. Etwas blasser schien sie mir als bei unserer letzten Einkaufstour, aber ich konnte mich täuschen, das Licht war schlecht. Sie blickte von Tante Paula zu mir, wieder zurück, schließlich zur Kerze auf dem Tisch und fragte: »Ist das hier eine Versammlung? Habe ich etwas Wichtiges verpaßt?«, ehe sie sich, sehr betont und mit abgezirkelten Bewegungen, hinsetzte wie jemand, der schwer getrunken hat und befürchtet, sich neben den Stuhl zu plazieren, aber diese Angst zugleich vor seiner Umgebung verbergen möchte.

»Der Elektriker«, fing Tante Paula wieder an wie vorhin. »Ach, der Elektriker«, erwiderte Tante Lene wegwerfend, »der kann auch morgen kommen. Der soll sich nicht so anstellen. Jutta, ich hatte gar nicht mit dir gerechnet, aber würdest du so gut sein und mir eine Tasse aus der Küche holen?« Gehorsam erhob ich mich und verzichtete darauf, Tante Lene darauf hinzuweisen, daß sie mich ja selbst zu dem Elektrikertermin in die Wohnung bestellt hatte. Ich hatte sogar extra einen Dienst getauscht, allerdings bloß mit Oliver Seifert, der immer geradezu beglückt schien, anderen einen Gefallen zu tun. Er trug Trevirahosen mit eingewebter Bügelfalte, lebte noch bei seiner Mutter und schien sich in der Bibliothek so wohl zu fühlen wie nirgendwo sonst in seinem Leben; ein Umstand, der uns einander ähnlicher machte, als mir lieb war.

Obwohl ich oft beobachtet hatte, wie Tante Paula die Kaffeetassen aus dem Schrank nahm, brauchte ich jetzt doch einen Augenblick, bis ich die richtige Abteilung gefunden hatte. Porzellanene Zeugen eines langen Lebens stapelten sich, Erbstücke noch dazu, Übriggebliebenes, Angeschlagenes, Häßliches. Teller und Tassen, Schüsselchen, Eierbecher, Glasschalen, Untertassen, Becher. Dazwischen hockte ein gelber Porzellanosterhase, ein Ohr hochgereckt und eins zur Seite geknickt, als sende er Signale aus. Das geknickte Ohr war gebrochen und wieder angeleimt.

Als ich ins Wohnzimmer zurückkehrte, schwiegen beide Tanten. Tante Paula hatte wieder die Lippen sehr ordentlich aufeinandergelegt, Tante Lene sah mich ruhig an: »Ein Mißverständnis«, sagte sie, »ich war nicht beim Arzt, ich war beim Zahnarzt. Mein ganzes Leben lang war alles in Ordnung, aber heute morgen hatte ich Schmerzen. Man wird nicht jünger.« Sie strich über die Tischdecke, bügelte die Falten aus, ließ sich Kaffee einschenken und wechselte das Thema. »Paula sagte mir, du hast einen kleinen Freund gehabt?«

Schon wieder wurde ich rot. Tante Paula hatte sich eine Handarbeit gegriffen, die sie dicht an der Kerze sorgfältig musterte. Ein Stickbild offenbar, aber es war noch nicht zu erkennen, was es darstellen sollte. Jetzt wollte ich aber doch sagen, daß ich darüber nicht sprechen würde, obwohl ich mir gleichzeitig albern vorkam. Wie der Hof von England: kein Kommentar. Wahrscheinlich würde es trotzig klingen, vielleicht wären die Tanten sogar beleidigt. Während ich noch überlegte, winkte Tante Lene mit dem Kaffeelöffel ab: »Ist schon gut, Juttalein.« »Mußt du denn noch mal hin?« fragte ich schließlich. »Wohin?« fuhr sie auf, als hätte ich sie werweißwohin jagen wollen. »Wie? Achso, ja. Ja, ich werde noch mal hinmüssen. Er hat versucht, mir zu erklären, was es ist, aber ich konnte es mir nicht merken.« Ich versuchte, mir Tante Lene in einer modernen Zahnarztpraxis vorzustellen zwischen all den High-Tech-Geräten. Mit Sicherheit hingen grauenhafte Drucke an den Wänden, Hundertwasserzwiebeltürme einträchtig neben Schaubildern »Der kranke Zahn«. Würde Tante Lene dort zu einer bedeutungslosen alten Frau schrumpfen, oder wäre sie immer noch als eindeutige Regentin zu erkennen? Würde sie sich selbst vielleicht schon an der Anmeldung tarnen, kleiner machen, um wie eine demütige Patientin zu wirken? Oder biß sie den Doktor in den Finger, wenn er ihrer Ansicht nach etwas falsch machte?

»Soll ich dich fahren beim nächsten Mal, Tante Lene?« fragte ich höflich. »Wie? Nein, das ist nicht nötig. Ist ganz in der Nähe. Ich mußte nur so lange warten.« Tante Lene sah mich, vielleicht in Erinnerung an diese Tortur, ungeduldig an. Sie tappte mit dem Finger auf den Tisch, pochpochpoch, ja, so lange hatte sie warten müssen. Wieder versuchte ich, sie mir vorzustellen, zwischen Lesezirkelillustrierten und Hydrokulturpflanzen, im Wartezimmer. Es war unmöglich. Tante Lene konnte nicht warten. Vielleicht war sie auf und ab gelaufen oder hatte alle fünf Minuten an der Anmeldung nachgefragt, wann es endlich voranginge, oder die Sprechstundenhilfen über zusammengekniffenen Lippen mit bösen Blicken verfolgt, die jene nicht zu deuten wußten. Wie aus Sympathie wühlte Tante Paula jetzt ungeduldig in einem hoffnungslos verfilzten Knäuel bunter Fäden, um den einen, den einzig passenden, herauszuwinden. Ich war erleichtert, daß ich Tante Lene nicht zum Zahnarzt begleiten mußte. Wie auch immer man es drehte und wendete; es war undenkbar, daß meine Tante sich nahtlos und unauffällig in den Praxisbetrieb einfügen ließ.

»Ihr sitzt ja hier wie im Krieg«, sagte Tante Lene unvermittelt und pustete die Kerze aus. Inzwischen war es tatsächlich etwas heller geworden. Tante Paula räumte ihr Stickzeug beiseite und trug die Kerze in die Küche. »Soll ich denn morgen noch mal kommen, falls der Elektriker hier ist?« fragte ich, obwohl ich am nächsten Tag eigentlich arbeiten mußte. »Ach wo«, antwortete Tante Lene, »nicht nötig. Gar nicht nötig.« Sie pochte wieder mit dem Finger auf den Tisch und allmählich begriff ich, wie sehr sie darauf wartete, daß ich mich endlich verabschiedete. Obwohl ich natürlich nicht wußte, wieso; etwas Dringendes, Unaufschiebbares war mir in ihrem Alltag noch nicht begegnet.

»Es hat einen Splitter abbekommen.« Ich riß mich aus meinen Gedanken und sah, daß Tante Lene das Seestück musterte, offenbar weil ich es, wenn auch geistesabwesend, schon wieder studiert hatte. »Da hinten rechts im Himmel. Siehst du?« Ich trat näher an das Bild heran. Es war stark nachgedunkelt, wie mir schien, und tatsächlich konnte man von nahem neben einem qualligen Wolkenturm eine laienhaft geflickte und übermalte Stelle erkennen. Ein kleiner Deckweißrand auf einer Seite und daneben ein beinahe viereckiger Fleck, der wirkte wie eine Wollstopfstelle in einem Seidenstrumpf. Jetzt trat ich etwas zurück, denn mir war die Stelle nie aufgefallen, aber tatsächlich, auch mit einigen Metern Abstand war sie noch zu sehen, wenn auch unauffälliger, mehr so, als habe der Maler, versehentlich oder mit Absicht, eine kleine Tür in die Wolken gemalt. »Ja, schön«, seufzte Tante Lene, wandte sich dann wieder zu mir und sagte: »Auf Wiedersehen, Kind.«

# 4

In der Folgezeit mied ich meine Tanten, selbst die muntere Tante Sissi war mir unheimlich geworden. Bei ihrem nächsten Anruf schickte ich sie allein in den Salon Eden; ich sagte, ich fühle mich nicht so. »Wie fühlst du dich nicht?« fragte sie spitz zurück, doch dann gab sie nach, nicht ohne hinzuzufügen, daß sie früher erstaunlicherweise auch ohne mich ausgekommen sei. Vor den anstehenden Lebensmittelausflügen mit Tante Lene fürchtete ich mich geradezu, aber sie meldete sich nicht. Vielleicht ersetzten ihr die Zahnarztbesuche mit ihren schwer kalkulierbaren Wartezimmertorturen das köstliche Abenteuer, mit ihrer Nichte im Supermarkt palettenweise H-Milch wegzuschleppen und dabei von einem idealen Parkplatz zu träumen. Wofür die Unmengen von Konserven, Mehl, Grieß und Zucker im Tantenhaushalt überhaupt gebraucht wurden, wußte ich ohnehin nicht. Vielleicht kochten sie täglich viele Liter Milchsuppe und schütteten sie dann weg. Oder sie hielten heimlich ein Ungeheuer in der Besenkammer, das ständig gefüttert werden mußte, wenn es nicht ausbrechen und Unheil über die Tanten und schließlich über uns alle bringen sollte.

Obwohl es längst hätte Frühling sein sollen, war die Welt um mich herum noch starr gefroren. Nicht nur Bäume und Sträucher drohten mit vielen kahlen Zeigefingern, auch der Boden gab sich rissig und hart, die Luft stach mit tausend feinen Nadeln.

Manchmal schien es mir, als ob selbst die Häuser im Sommer anschmiegsamer waren, die Backsteinmauern weicher und freundlicher, jede ein nachgiebiger Hafen, schon während man vorbeiging. Jetzt dagegen machte die Kälte sie porös und spröde, sie fügten sich nicht, standen nur da und wirkten irgendwie verkehrt. Die tiefstehende Sonne strahlte angeberisch durch meine Balkontür. Ich ahnte, daß sie log, aber ich öffnete ihr trotzdem und hockte mich unbequem auf die Türschwelle, halb drinnen, halb draußen. Der schmale kalte Metallgrat der Schwelle drückte sich in mein Fleisch. Ich pulte in der staubigen Ritze herum, in der ich vor Monaten den Schlüssel gefunden hatte. Er lag in einer kleinen Schale auf meinem Fernseher und war zu gar nichts gut.

Es war nicht so, daß ich schuld hatte. Niemand hatte schuld. Jochen auch nicht, Jochen schon gar nicht. Seine verläßlichen Rehaugen hätten mich in jedem Unglück aufgefangen. Er tat so, als ob er sein Leben lang auf mich gewartet hätte, und genau das konnte ich am allerwenigsten ertragen. Jochen Schröders Vergangenheit? Uninteressant. Ein schlechter Vorspann zum strahlenden Film, ein Werbeblock, eine bloße Ansage für das, was sich hinter dem Haupttitel »Jochen liebt Jutta und sie ihn auch« zusammenballte an schafsmäßiger Glückseligkeit.

Es war ein scharfer Wintertag, als ich es plötzlich wußte. Die Sonne stand noch tiefer als jetzt, gab ein klares, aber nicht allzu helles Licht. Alle Häuser warfen so riesige Schatten, daß die Stadt zu klein dafür zu sein schien. Ich kam aus einem Gemüsegeschäft und sah diesen irrwitzigen Schatten, der an dem hohen Haus auf der anderen Straßenseite bis über die Dachrinne hochleckte; das warm leuchtende Rot der Schindeln und darüber die klar geschnittenen Wolken in dem langgezogenen Himmelsband, das die Hausgiebel dem Blick freigaben: Wie auf einem Lichtkanal schwammen die Wolken, ich mittendrin. Da plötzlich hatte ich Mut und wußte, daß es Jochen ist. Dabei hatte ich ihn nur ganz kurz in der Bibliothek gesehen. Er trug einen fusseligen roten Schal um den Hals und seine Nase leckte, so sehr er sich auch bemühte, durch heftiges Einatmen den Rotz oben zu halten. Ein schwieriger Fall, ein bestelltes Buch, Fernleihe, von den Kollegen in das falsche Ausgaberegal eingeordnet; ich mußte lange suchen, wobei er mir zusah und sich bemühte, nicht zu laut zu schniefen. Meine Kollegin Sabine kicherte schon: Wie er aber auch dastand, hilflos, festgenagelt, ohne Buch konnte er nicht gehen. Er trug Schuhe mit dicken Sohlen, mit denen er verlegen auf dem grünlichen Teppichboden herumscharrte. Als ich das Buch, eine kommentierte Ausgabe der Gedichte von Emily Dickinson, endlich gefunden hatte und ihm über den Tresen reichte, gab es einen kleinen elektrischen Schlag, als sich unsere Fingerspitzen berührten. Wie albern, dachte ich. Später am Tag ging ich in den Gemüseladen, kaufte unglaubliche Mengen von Tomaten, Gurken, Salat, alles viel zu teuer wegen der Jahreszeit, sogar Erdbeeren aus Südafrika ließ ich mir einpacken. Mit zuversichtlichem Schwung verließ ich das Geschäft, stieg elastisch die drei Stufen aus dem Keller heraus, sah das gigantische Schattenspiel der Häuser um mich herum und hatte mein Herz an Jochen verloren. So einfach. So schön.

Bei ihm war natürlich alles anders. Sicher, er kam dann oft in die Bibliothek, aber wie tastend und suchend. Immer wieder sah er mich an, von der kleinen Aufenthaltsecke aus, in der er sich mit einem Kaffeebecher hinter einer Zeitung versteckte oder tat, als ob er die Aushänge aufmerksam studierte. Er sah mich an, als müßte ich erst noch zurechtgemacht werden, als stimme ich nicht ganz, obwohl er das später leugnete: Er habe sich nur nicht getraut, mich anzusprechen; mich beobachtet, um zu erahnen, wie ich vielleicht reagieren würde, ein Nein hätte er nicht ertragen können, es hätte zu viel davon abgehangen. Dabei hatte er schließlich nur gefragt, ob er mir einen Kaffee bringen dürfte, natürlich hing trotzdem alles davon ab; eine matschbraune Automatenbrühe in einem gefährlich instabilen Plastikbecher. Sabine kicherte wieder, als mir Jochen ungeschickt und zeremoniell den geriffelten Becher über den Tresen reichte, wobei wir uns beide die Hände verbrannten.

Langsam begann ich zu frieren auf meinem kleinen Ausguck in die Welt. Die Sonne sank müde in graue Wolken wie in schlecht gewaschene Daunenkissen. Der Wind wurde stärker, fegte durch die blattlosen Bäume, die ihm keinen Widerstand entgegensetzten. Gegenüber bauschte sich eine Gardine im gekippten Fenster, als wollte sie die Flucht ergreifen.

Beim nächsten Besuch in der Bibliothek lächelte Jochen schon, als er hereinkam. Es war kurz vor meinem Dienstschluß. Um den richtigen Zeitpunkt herauszufinden, hatte Jochen mich beobachtet. Als ich aus der Bibliothek kam, wartete er vor dem Eingang mit zwei Plastikbechern. Lauwarmer Kaffee schwabbelte trübe darin, aber er lachte stolz, und es war mir selbstverständlich, daß ich gemeint war. Wenn ich wollte, könnte er mir Eierlikör in den Kaffee gießen, erklärte Jochen und errötete über seinem Schal. Es sei alles für ein kleines Picknick in der Laube arrangiert – er winkte mit dem Kopf in Richtung einer Bank an der Straße, denn er hatte ja keine Hand frei. Hinter der Glasfront der Bibliothek stand Sabine und kicherte. Jochen schüttete mir Eierlikör aus einem Flachmann in den Kaffee. Ein Tropfen fiel mir auf die Hand, er war warm, denn Jochen hatte den Flachmann in der Mantelinnentasche aufbewahrt. Sperma, dachte ich. Was ist, wenn er mir Sperma in den Kaffee tut? Wir setzten uns an die vierspurige Straße, es hätte Frühling sein sollen, aber es begann zu schneien. Es schneite auf Wurstbrote und Gewürzgürkchen, auf Oliven und Schafskäse. Es schneite mir in den Eierlikörkaffee und auf die Nase, ich schniefte jetzt auch. Wir lachten idiotisch und warteten darauf, wer als erster nach der Hand des anderen greifen würde. Matsch lag auf der Fahrbahn; er spritzte bei jedem Auto auf, vielleicht bekamen wir beide eine Lungenentzündung;

vielleicht würden wir erst im Sommer gefunden werden, denn zu Fuß war niemand unterwegs und aus den Autos konnte man uns bestimmt nicht mehr als Menschen erkennen, wenn wir einmal eingeschneit waren. Ich merkte, wie die Feuchtigkeit allmählich durch die Schalen meiner Wolljacke und meines Pullovers in mein Hemd sickerte, wie meine Schultern schon ganz starr wurden. Wir versuchten halbherzig, uns zu unterhalten, aber die vorbeirasenden Autos mit ihren matschmahlenden Rädern rissen die Wörter mit sich. Ich fühlte mich wie ein Klumpen mit feuchter Schale, die am Rand bereits zu Krusten fror, innen drin aber gut ausgestopft mit Schafskäse und Wurstbroten. Da endlich faßte Jochen nach meiner Hand. Oder hatte ich plötzlich seine gegriffen? Unmöglich. Ich konnte mich ja vor Kälte gar nicht mehr bewegen.

Ich konnte mich doch noch bewegen. An seiner Hand konnte ich mich bewegen, ließ alles Klumpenhafte auf der Bank zurück und stieg mit Jochen in den Bus. Er trug eine kleine, runde Brille, die sofort beschlug, so daß er sie umständlich abnahm und putzte. Zwischendurch tat er so, als ob er mich ansah, aber ich merkte genau, daß er ohne Brille nichts erkennen konnte. Schließlich setzte er sie wieder auf und fuhr sich mit der Hand durch das nasse Haar. Er sah aus wie ein Hausmeister, wie eine Spielzeugfigur, die nur aus Versehen ihre Pappschachtel verlassen hatte und nun schleunigst dahin zurückwollte.

Natürlich fuhren wir zu Jochens Wohnung. Wir sprachen nicht einmal darüber, ich kam einfach an seiner Hand dorthin mit, wo er hinwollte. Es war ein komplizierter Weg: erst der Bus, dann die U-Bahn, dann wieder der Bus, dann ein Fußweg. Man sollte meinen, ein durchnäßtes, frierendes, frisches Liebespaar, das es nicht wagt, sich zu unterhalten, komme sich auf einer so langen Strecke abhanden, aber ich zweifelte keine Sekunde daran, daß wir auf dem richtigen Weg waren. Wir fuhren in ein Stadtviertel, in dem ich noch nie zuvor gewesen war. Es galt nur wenig mit seiner billigen Nachkriegsbebauung und den vielen kleinen Wohnungen, aber es paßte zu ihm, fand ich. Zwischen der Bushaltestelle und seiner Wohnung liefen wir durch einen kleinen Park, die Bäume feindlich schwarzgefroren und der Boden voller Matsch. Ich wußte plötzlich, wie hübsch er im Sommer sein würde, hörte das Krähen der Kleinkinder in der Sandkiste und die Ghettoblaster der Halbwüchsigen. Ich wußte, daß es dann mein Park sein würde, daß ich oft darin umherlaufen würde, daß ich vielleicht sogar die Kinder in der Sandkiste würde unterscheiden und wiedererkennen können, was mir noch an keinem meiner Wohnorte geglückt war. Selbst den schäbigen Edeka-Markt betrachtete ich liebevoll wie ein künftiges Zuhause.

Jochens Wohnung im vierten Stock: das enge Steintreppenhaus, der schmutzige Putz an den Wänden, es roch nach frischem Mörtel (das tat es immer, wie ich später bemerkte), die blaulackierte Wohnungstür, das Messingschild »Jochen Schröder«, der ordentliche kleine Flur, die winzige Einbauküche, das Wohnzimmer: Sofa, Sessel, Fernseher, Bücherwand, unbewohnt, als habe jemand eine Puppenstube arrangiert. Im Bad der dreiteilige Spiegelschrank warf mir mein triefendes Bild zurück, da!, und dann kam Jochen und zog mir die nassen Sachen aus. Das Schlafzimmer eine Überraschung. Es gab nur ein Bett darin, Übergröße, das stand schräg im Raum, an der Wand noch eine Hifi-Anlage und Gitarren, zwei elektrische und eine akustische. Hier lebte mein Liebster wirklich, hier schlug sein Herz, die anderen Räume waren Tarnung für den Postboten, die Zeugen Jehovas, was weiß ich. Wir schalteten die Anlage nicht ein. Es war zu wichtig.

Er nahm die Brille erst ab, als wir schon ineinanderfielen; »ich« sagte er, ja, tatsächlich, er wollte noch etwas sagen, etwas Bemerkenswertes möglicherweise, aber dann überlegte er es sich anders, vielleicht, weil ich ihn küßte und er sowieso nichts mehr sagen konnte. Ich hatte ihn nie gefragt, was er in diesem Augenblick hatte sagen wollen; das fiel mir hier auf meinem kalten Balkon plötzlich ein, fern von ihm, fern von der Stadt, in der er immer noch lebte. Der Park war meiner geworden, wie ich es mir an jenem allerersten Nachmittag ausgemalt hatte, auch wenn ich die Kinder trotzdem nicht unterscheiden konnte bis auf ein dickes Mädchen, eine Türkin, meist in orangefarbene oder himmelblaue Rüschenkleidchen gekleidet, die allesamt zu eng für sie zu sein schienen. Aber sie war mir wahrscheinlich nur aufgefallen, weil sie zu alt für die Sandkiste war: Oft hatte ich mich darüber gewundert, warum sie sich mit den blökenden, greinenden Kleinkindern abgab, ehe ich auf die naheliegende Erklärung kam, daß sie ihre jüngeren Geschwister beaufsichtigen mußte. Sie hieß Emine. Auch die Besitzer des Edeka-Marktes, ein älteres Ehepaar namens Rothe, kannte ich bald. Er sah groß, weich und blaß aus wie die Käsebrötchen in der Glasvitrine, hinter der er manchmal schlief, wenn er glaubte, daß keine Kundschaft in der Nähe war. Sie hatte schwarzgefärbtes Haar, war klein und zierlich und sortierte immerzu Waren, auch wenn es eigentlich nichts zu sortieren gab. Einmal gingen Jochen und ich zusammen in den Laden; seitdem grüßten mich beide höflich und sagten »Frau Schröder« zu mir. Danach achtete ich darauf, nur noch alleine einkaufen zu gehen. Das verunsicherte Herrn und Frau Rothe so sehr, daß Herr Rothe eines Tages versehentlich »Fräulein Schröder« zu mir sagte. Dabei blieb es dann. Auch Emine mußte manchmal einkaufen gehen, mit der großen Einkaufstasche ihrer Mutter, die dann am Ende viel zu schwer bepackt für sie war. Sie sah komisch und traurig zugleich aus.

Ich war eifersüchtig auf Jochens Gitarren, obwohl ich wußte, daß es albern war. Wenn er spielte, so schien es mir, war er ganz bei sich selbst. Ich hörte ihm gerne zu, ja, ich wollte die Gitarre sein, obgleich er sagte, nein, er sei am meisten bei sich, wenn er bei mir sei, und was man noch so sagt, wenn man, wie wir, rechtzeitig gelernt hat, Gefühle in Versicherungsdeutsch zu formulieren. Die Gitarren, das sei doch bloß so eine Spielerei, ein Getändel mit der Musik, nichts Ernstes, Gott bewahre; er könne ja auch gar nicht richtig spielen. Damit meinte er, daß niemand außer ihm selbst ihn das Spielen gelehrt hatte, so als ob das irgend von Bedeutung gewesen wäre. Na schön, gab er einmal zu, ehe er mich kennengelernt hätte, wären ihm die Gitarren als das Wichtigste überhaupt erschienen. Jetzt aber wisse er, daß es so nicht sei, es sei ja alles nur der Weg gewesen, der Weg zu mir. Ich wollte, daß das nicht stimmte; ich fand es erbärmlich. Er wollte, daß es stimmte, denn er hätte es erbärmlich gefunden, wenn es anders gewesen wäre. Wie es wirklich war, wußte keiner von uns; es war ja auch vollkommen uninteressant.

Die Gardine von gegenüber rollte sich zu einer dicken Wurst auf, deren Zipfel aus dem Fenster hing. Mir froren die Fingerspitzen ab. Wind zerrte an meiner Nase und an meinen Haaren, als wollte er mich mitreißen.

Ich konnte nicht sagen, wann es aufhörte. Jochen arbeitete tatsächlich als eine Art Hausmeister in einer Fabrik, in der Halbleiter hergestellt wurden. Ich ging weiter in die Bibliothek. Beides war uns im Grunde genommen gleichgültig; eigentlich kam ich nur noch in die Bibliothek, um mich daran zu erinnern, wie Jochen dort vor mir gestanden hatte. Wir gingen nicht aus. Ich lernte seine Freunde nicht kennen, ich wußte nicht einmal, ob er welche hatte. Meine Freundinnen traf ich nur noch selten, sie kamen mir unwichtig vor. Wenn ich schon nicht mit Jochen zusammensein konnte, wollte ich wenigstens allein sein.

Das Telefon klingelte, aber ich mochte nicht ins Zimmer gehen, um abzuheben. Wenn ich jetzt darüber nachdachte, wer überhaupt wußte, daß Jochen und ich zusammen waren; ich meine, wer uns überhaupt gesehen hatte – dann fielen mir nur die Edeka-Rothes ein. Und Emine, aber ich hatte nicht den Eindruck, daß sie je auf uns geachtet hätte. Sie war mit ihren jüngeren Geschwistern und der zu schweren Einkaufstasche ausreichend beschäftigt.

Einmal war es soweit, daß ich plötzlich das Bild vor Augen hatte, das Segelschiffbild der Tanten. Der Greuel meiner Kindheit. Es hatte keinen Anlaß gegeben, Jochen und ich lagen im Bett wie nur je, als es plötzlich vor mir aufzog: das Unwetter, mitten darin das aufgegebene Schiff, ein wenig schräg die Masten, schräg in Richtung auf den Abgrund. Ich glaube, das war der Tag, als es anfing, aufzuhören. Ich mußte aus der Wohnung heraus und lud Jochen zum Essen ein. Wir fürchteten uns beide davor, denn wir waren noch nie irgendwohin gegangen, aber wir taten so, als wäre nichts, denn man kann sich nicht im Ernst davor fürchten, miteinander ein Restaurant zu besuchen. Es wurde ein Desaster. Die Meeresfrüchte auf seinem Teller verursachten mir eine Gänsehaut; allein das Wort »Meeresfrüchte« auf der Karte gab mir schon den Rest. Er dagegen schien meine Mahlzeit, Spaghetti in Tomatensoße, für ein besonders widerliches Blutritual zu halten und betrachtete mich beinahe mit Ekel. Der Kellner war patzig zu uns, wir mußten viel zu lange warten, und der Wein schmeckte nach Scheuermittel. Man hätte versuchen können, das unantastbare Liebespaar zu geben, das für die Ewigkeit geschaffen war, deshalb über diesen kleinlichen Widrigkeiten stand und höchstens ein amüsiertes Lächeln für solch uninspirierte Personen wie den muffeligen Kellner übrig hatte. Ich weiß aber nicht, wie etwas für die Ewigkeit geschaffen sein soll, das auf dem Verzehr von Meeresfrüchten basiert.

Von da an gingen wir häufig aus, aber es wurde nicht mehr besser mit uns. Wir schafften es nicht einmal, einen einzigen Abend gelingen zu lassen, obwohl wir uns leichte Sachen aussuchten; Kino zum Beispiel. Da muß man schließlich selbst nichts tun, dachten wir, auch wenn wir es nicht sagten. Dann gab es aber natürlich erst keine Karten mehr, später saßen Idioten vor uns, die mit Chipstüten raschelten und alle Pointen laut wiederholten. Wir konnten uns nicht entschließen, wer von uns sie zur Ordnung rufen sollte; schließlich taten wir es beide, aber sie kümmerten sich nicht darum. Auf dem Heimweg versuchte Jochen, mich zu küssen und mir noch einmal zu versichern, wie sein Leben nur auf mich gewartet habe, aber ich drehte den Kopf weg und schnitt ihm das Wort ab. Niemand sollte sein halbes Leben verwarten, um eines Tages mit mir im Kino zu sitzen, umgeben von Pointennachplapperern und wildfremden Heinis mit Chipstüten. Das war einfach zuviel.

Obwohl die Stadt groß war, mußte ich weg, nachdem ich Jochen hatte stehenlassen, ins Studium seines Flurfußbodens vertieft. Am liebsten wäre ich auf einen anderen Planeten gezogen, so wenig konnte ich es ertragen, zu wissen, daß Jochen irgendwo beinahe in der Nähe sein konnte. Selbst in meiner neuen Heimat erschreckte ich mich jedesmal, wenn ich jemanden entdeckte, der so groß war wie Jochen, etwas anhatte, das Jochen hätte auch tragen können, eine ähnliche Haarfarbe hatte oder auch nur durch die gleiche Brille blickte und immer so weiter und immer unwahrscheinlicher. Eine Weile lang suchte ich sogar nach ihm, auf jeder Straße, in jedem Laden und jedem Café. Ich war sicher, daß er in der Nähe sein mußte; ich spürte es. Vor meinem Umzug hatte ich mich noch einmal durch den Park vor sein Haus geschlichen, im Dunkeln natürlich. Im Edeka-Laden hing ein Sonderangebotszettel an der Scheibe: »1a Gulasch von deutschen Rindern«. Damit mußte das Ehepaar Rothe ein Leben lang sein Geld verdienen. Durch die Vorhänge in Jochens Schlafzimmer fiel ein Lichtschimmer, ein schmaler Streifen nur. Das Fenster stand gekippt. Ich hörte ganz leise die E-Gitarre, nichts Besonderes, sie lief so vor sich hin, spazierte gemächlich, aber leichtfüßig durch den Abend. Da legte ich meine heiße Stirn an das Edeka-Schaufenster, und als das nicht half, schlug ich den Kopf dagegen, bis es in meinen Ohren summte. Natürlich half das auch nicht, aber jedenfalls hörte ich die Musik nicht länger. Am nächsten Tag kam der Umzugswagen, und schon eine Woche später machte ich den Tanten meinen Antrittsbesuch.

Das Telefon klingelte wieder. Das Fenster gegenüber wurde geschlossen, nachdem eine Geisterhand die Gardine in das Zimmer zurückgezogen hatte. Nur ein kleines Endchen klemmte im Spalt, aber es bewegte sich nicht mehr. Das Telefon klingelte fünfzehnmal; ich zählte mit. Aus Trotz stand ich erst auf, als es wieder schwieg. Meine Beine schmerzten vor Kälte und Steifheit, und ich humpelte mühsam zurück ins Zimmer. Wie immer gab es keinen klaren Sonnenuntergang, bloß ein schlampiges Verschwinden hinter schmutzigen, zerrissenen Wolkentüchern. Das Telefon klingelte schon wieder. Ich gab auf.

»Juttakind, hier ist Paula, deine Tante Paula. Du hast so lange nichts von dir hören lassen, wir haben uns Sorgen gemacht. Helene hat sich Sorgen gemacht. Und da wollte ich fragen –«, sie brach ab, als hätte sie vergessen, was sie fragen wollte. Vielleicht wollte sie gar nichts fragen, und es war nur eine verlegene Phrase. »Mir geht es gut. Vielen Dank«, antwortete ich kühl. Meine Tanten sollten nette, kultivierte Damen sein, freundliche Inseln in meinem neuen ruhigen Kleinstadtleben, berechenbare Einkäuferinnen und Cafébesucherinnen. Unangemeldete Zahnarztbesuche und rausgeworfene Elektriker rochen nach Durcheinander und unliebsamen Aufregungen. Die Tanten sollten sich gefälligst benehmen, wenn sie Wert auf meine Besuche legten.

Es klickerte leise im Telefon; vielleicht tappte Tante Paula ungeduldig mit den Fingern auf den Hörer. »Jutta. Es ist doch Frühling, jedenfalls beinahe. Wir wollten gern einen Ausflug machen. Ans Meer. Das haben wir früher immer gern gemacht, aber jetzt schon lange nicht mehr. Wenn du vielleicht –« Wieder sprach sie den Satz nicht zu Ende. Wenn ich vielleicht was? Einen Ausflug? Das war ja beinahe keck zu nennen. Warum wollten sie ihre verläßlichen Supermarktroutinen und Cafébesuche aufgeben und sich in die Welt hinauswagen? Hatte die kleine Unregelmäßigkeit, die Tante Lenes kurzentschlossener Zahnarztbesuch in den Alltag brachte, plötzlich Raum geschaffen für ungeahnte Vergnügungen, Wonnen und Lüste?

»Jutta, bist du noch dran?« Wieder das leise Geklicker im Telefon, regelmäßig wie von einer Uhr. »Ja, Tante Paula. Natürlich. Wenn ihr einen Ausflug machen wollt, vielleicht – könnte ich euch fahren?« Natürlich, das war es. Wir verabredeten uns für den folgenden Sonntag. Auch das ging nicht ohne Schwierigkeiten ab, denn ich wäre lieber in der Woche an meinem freien Tag gefahren. Da tat ich gerne etwas, was sich andere Berufstätige nicht erlauben konnten: mittags ins Kino gehen, den halben Tag im Schwimmbad verbringen oder eben an Sonntagsorte fahren, von denen man sonst nicht einmal ahnt, ob sie von Montag bis Freitag überhaupt existieren oder komplett in die Kiste geschaufelt werden, ehe sie am Sonnabend wieder frisch geputzt für die Wochenendler aufstehen, sich zurechtschütteln und zur Kulisse für ungezählte Erlebnisse werden. Die Tanten wollten aber natürlich am Sonntag fahren, weil seit jeher Sonntag Ausflugstag war und weil sie auch etwas sehen wollten, nicht bloß geschlossene Buden.

Ich hätte mir gar keine Sorgen machen müssen. Am Sonntag morgen regnete es zwar nicht, aber ein kräftiger, kalter Wind schob dicke Wolken über den Himmel. Ja, es war Sonntag, aber bestimmt kein Ausflugstag. Einen Augenblick zweifelte ich sogar, ob die Tanten unter diesen Bedingungen überhaupt würden losreisen wollen, doch, ach, ich kannte sie ja. Tante Lene stand bereits angezogen hinter der Tür, so daß ich, wie meistens, gar nicht zum Klingeln kam. Tante Paula rumorte in der Küche herum, zu Tante Lenes deutlichem Unbehagen. Ich war fünf Minuten vor der verabredeten Zeit erschienen, also war Lenes Ungeduld eigentlich nicht einzusehen. Sie trug einen dunkelblauen altmodischen Regenmantel, der ihr fast bis auf die Füße reichte, und einen Popelinehut von derselben Farbe, den sie mit einem Gummi unter dem Kinn befestigt hatte. Im schlechten Licht des Flurs wirkte sie wie ein großer, trauriger Seevogel.

Tante Paula stand am Küchentisch und schmierte Brote. Es war das erstemal, daß ich sie in Hosen sah. Dazu trug sie einen wild gemusterten Strickpullover mit Rollkragen. Die in das Grün des Pullovers eingearbeiteten, unregelmäßigen roten Flecken fanden ihr Echo auf den runden Bäckchen Tante Paulas, die vor Aufregung Karmesinfarbe angenommen hatten.

»Ich dachte, wir wollten einkehren?« wunderte ich mich, und ich wunderte mich wirklich. Endlich eine Gelegenheit für Tante Paula, einmal auszugehen, und da packte sie einen Picknickkorb?

Sie würdigte mich keiner Antwort, sondern summte zufrieden vor sich hin. Offenbar gehörte die Herstellung belegter Brote mit zum Vergnügen. Der halbe Küchentisch war von Brotscheiben bedeckt, auf denen Tante Paula jetzt dünn die Butter verteilte. Auf der anderen Seite hatte sie kleine Päckchen mit Schinken, Käse und durchscheinend geraspelten Wurstscheiben liegen, die ganz bestimmt nicht aus dem Supermarkt stammten. Tante Helene hatte ja auch ihre Einkaufstouren mit mir seit geraumer Zeit eingestellt. Am Rand der Tischplatte warteten Tomaten, Gurken, Weintrauben und Mandarinenscheiben. Tante Paula hatte es kein bißchen eilig, sie überlegte lange, welcher Aufschnitt zu welcher Brotscheibe gehören sollte, während Lene schon im Flur mit den Füßen scharrte. Meine älteste Tante stand an der Küchentür und starrte über ihrem verkniffenen Mund mißbilligend auf den Tisch, aber sie sagte nichts. Unmöglich, daß die drei Tanten und ich all diese Brote würden an einem Tag essen können. Tante Lene sah noch hagerer aus als sonst. Vielleicht aß sie nur die sauber verschweißten Dinge aus dem Supermarkt und verhungerte so allmählich, während Paula die appetitlichen Delikatessen von Hansen einkaufte und ganz allein verspeiste?

»Soll ich dir helfen?« fragte ich in der Hoffnung, zwischen den Tanten zu vermitteln. Aber Tante Paula antwortete mir immer noch nicht, sondern fixierte mich streng, so als hätte ich das Wesentliche nicht erfaßt. Zu meiner Überraschung zog mich Tante Lene am Arm aus der Küche, in der Tante Paula weiter sorgsam durchsichtige Wursträder auf dünn gebuttertes Schwarzbrot verteilte und mit Petersilie und Mandarinenscheiben verzierte. Jedes Brot war ein Unikat: eins hatte zwei Mandarinenscheibchen, dafür aber keine Petersilie, ein anderes wieder eine halbe Weintraube und ein Tomatenachtel. Wie wollte Tante Paula diese Kunstwerke unversehrt reisefertig machen?

»Bring mich runter«, zischte Tante Lene im Flur, »ich steige schon mal ein.«

»Aber Tante Lene, willst du denn nicht auf Paula warten?«

»Wir warten unten«, entschied Tante Lene. Sie schlang sich ein dunkelblau und beige gemustertes Tuch um den Hals und marschierte entschlossen Richtung Treppenhaus. Außer einer altmodischen kleinen Handtasche hatte sie nichts bei sich.

»Tante Paula, wir gehen schon mal«, rief ich hilflos zurück. Aber Tante Paula antwortete nicht. Sie sang in der Küche vor sich hin.

Tante Lene hatte mit erstaunlicher Behendigkeit bereits die erste Treppe zur Hälfte genommen. Ich mußte mich beeilen, um hinterherzukommen. Unten verwehte ihr der Wind die Zipfel ihres Halstuchs, sobald sie die Haustür geöffnet hatte. Aber Tante Lene hatte beschlossen, sich nicht aufhalten zu lassen. Sie griff mit der Rechten sichernd nach ihrem Hut, umklammerte mit der Linken ihre Tasche und stürmte auf mein Auto zu.

»Tante Lene, du mußt dich nach hinten setzen«, sagte ich zu ihr, denn mein Auto hatte nur zwei Türen, und wer zuerst kam, mußte auf die Rückbank klettern. Keine einfache Aufgabe für die große Tante, und sie gab auch gar nicht erst vor, es versuchen zu wollen. Der Beifahrersitz war ihr angestammter Platz, von dort hatte sie die Kontrolle über unsere Supermarkttouren ausgeübt, und sie sah keinen Grund, daran jetzt etwas zu ändern, bloß weil ihre Schwestern sich auch noch in meinen Kleinwagen zwängen mußten. Unschlüssig stand ich vor ihr, schnallte sie nicht an und schloß auch die Autotür nicht hinter ihr. Sie schlug ungeduldig mit dem rechten Handschuh in die linke Hand und sah stur geradeaus. Schließlich ging ich zum Kofferraum und tat, als ob ich darin noch etwas umzuräumen hätte. Ich schüttelte eine Wolldecke aus und legte sie ordentlich zusammen, sammelte Fusseln ein und fummelte an der Kofferaumleuchte herum, die sich aus ihrer Verankerung gelöst hatte und nun lose an den Drähten hing.

Tante Paula stand neben mir, ohne daß ich ihr Näherkommen bemerkt hätte. Sie hatte sich ein grünrot gemustertes Kopftuch umgebunden und eine beinahe modisch geschnittene, gelbe Öljacke übergezogen, die ganz unbenutzt aussah. Ob sie dieses Stück extra für unseren Ausflug erworben hatte oder ob es seit Jahren in ihrem Schrank ruhte und sie, die selten aus dem Haus ging und außerdem meist dunkelblaue, graue oder beigefarbene Kostüme trug, bisher einfach keine Verwendung dafür gehabt hatte, wußte ich nicht. Die ungewohnte Kleidung schien ihr Schwung zu verleihen, und mit einem beiläufigen »Ich darf doch?« lud sie zwei unförmige Einkaufstaschen in den Kofferraum, als gehörte das Auto ihr.

Dann schlenderte sie unschlüssig zur Beifahrertür. Tante Paula hatte ich erst zweimal in meinem Auto mitgenommen; natürlich hatte sie auch auf dem Beifahrersitz gesessen. Dort aber thronte jetzt Tante Lene, die mit dem rechten Zeigefinger am Handschuhfachschloß herumpulte und weiter geradeaus vor sich hin sah, so als wären Tante Paula und ich bereits vor Jahren vom Erdboden verschwunden. Tante Paula machte keine Anstalten, sie anzusprechen, aber sie rückte auch keinen Millimeter von der Beifahrertür ab.

»Tante Paula, vielleicht möchtest du heute einmal hinten sitzen? Tante Lene ist ja doch die größte von euch dreien.« Als sich immer noch keine von beiden rührte, nahm ich Tante Paula am Arm und führte sie um das Auto herum. »Du kannst von dieser Seite einsteigen.« Tante Paula schien einen Augenblick zu überlegen, ob sie zuerst den Kopf oder den Fuß ins Innere vorschieben sollte, entschied sich jedoch schließlich für beides zugleich. Trotzdem gelang es ihr, irgendwie auf den hinteren Sitz zu rutschen. Mein Auto war wirklich zu klein für uns alle.

Ich half ihr mit dem Sicherheitsgurt. Danach schnallte ich Tante Lene an, die in ihrer Königinnenpose verharrt hatte und sich nicht bemühte, irgend etwas selbst zu ordnen. Ich strich ihr den Mantel glatt, so gut es ging, und schlug ihr vor, im Auto den Hut abzunehmen, der beim Einsteigen eine Spur nach vorn gerutscht war, was ihr ein trotziges Aussehen gab. Aber sie tat einfach überhaupt nichts. Endlich konnten wir losfahren und Tante Sissi abholen.

Dank Tante Paulas Eskapaden waren wir eine gute Weile zu spät unterwegs, aber Tante Sissi schien das gar nichts auszumachen, als ich an ihrer Tür klingelte. Ich hatte die anderen Tanten gebeten, im Wagen zu bleiben, es würde ja nicht lange dauern.

Tante Sissis Löckchen türmten sich heute besonders apart. Sie mußte ohne mich beim Friseur gewesen sein. Sie trug ein cremefarbenes Wollkostüm, das vornehm wirkte und weder zum Wetter noch zu unserem Vorhaben paßte. »Willst du nicht jedenfalls einen Mantel mitnehmen?« fragte ich erstaunt. »Geduld, Jutta«, antwortete sie und faßte mich am Arm. »Ich bin ja noch nicht fertig.«

Sie nahm einen breitkrempigen, cremefarbenen Hut von der Kommode, der sicherlich für einen windstillen Sommertag entworfen worden war, und drückte ihn vorsichtig auf ihre Locken. Dann griff sie sich eine Hutnadel, die sie seitlich in den Hut hineinpiekste. Falls sie sich das Ungetüm nicht direkt durch die Kopfhaut stach, konnte das Arrangement in ihren zarten, dünnen Locken eigentlich keinerlei Halt finden. Am Ende der Hutnadel glitzerte eine rosa Glasperle. Erst jetzt bemerkte ich ihre hellen Pumps, die sogar ein Lochmuster hatten. Sie streifte sich dünne Stoffhandschuhe über, legte sich locker einen rosafarbenen Seidenschal um die Schultern und griff nach einem bauschigen cremefarbenen Haufen, der möglicherweise eine Art Cape sein konnte. »Tante Sissi, es ist so kalt und windig heute. Willst du nicht lieber etwas anderes anziehen?« Aber Tante Sissi war bereits aus ihrem kleinen Flur hinausgerauscht und winkte mir, ihr nachzukommen. Sie schloß die zwei Sicherheitsschlösser sorgfältig ab und bot mir ihren Arm. So führte ich sie aus dem Haus hinaus zum Wagen.

Auch sie steuerte gewohnheitsmäßig auf die Beifahrertür zu und hatte damit sogar recht, weil ja Tante Paula hinter dem Fahrersitz saß.

»Tante Lene, du mußt noch einmal aufstehen, bitte, sonst kann Tante Sissi nicht einsteigen. Tante Sissi, es ist dir doch recht, heute einmal hinten zu sitzen?« Tante Sissi hielt die flatternden Enden ihres rosa Schals zusammen und nickte knapp. Tante Lene machte keinerlei Anstalten, aufzustehen. Ich schnallte sie los und gab ihr eine Hand, um ihr zu helfen. »Lise braucht immer eine Extrawurst«, zischte sie, aber Sissi hatte sie nicht gehört. Sie kroch auf den Rücksitz, setzte sich sehr aufrecht hin, dehnte sich noch und sah aus wie die Hauptperson, während wir anderen die Komparsinnen gaben: Chauffeurin, Zofe, Gesellschaftsdame, Dienstmagd. Tante Sissi wußte, daß die wirklich wichtigen Personen im Fond der Limousine Platz nehmen.

Umständlich setzte sich schließlich auch Tante Lene wieder, und ich durfte sie anschnallen, ihren Mantel zurechtziehen und die Beifahrertür schließen. Jetzt hing ihr Popelinehütchen auch ein wenig schief, aber ich versuchte nicht noch einmal, sie dazu zu überreden, das alberne Ding abzunehmen. Tante Sissi war wunderbarerweise mit ihrem Wagenrad auf die Hinterbank gekrochen, ohne es zu verlieren. Wir machten uns auf die Reise.

Während wir noch durch das Städtchen steuerten, trommelte Tante Lene mit den Fingern auf das Armaturenbrett. Keine der drei Tanten sagte etwas. Tante Sissi lächelte aus dem Fenster wie die Queen Mum, Tante Paula sah mir angestrengt über die Schulter, als könne sie so beim Fahren helfen, und Tante Lene blickte streng geradeaus. Zum ersten Mal fiel mir heute auf, wie mager ihr Hals war. Der Kopf hätte jede Sekunde abfallen können, ohne Vorwarnung. Der schmale, faltige Nacken von Tante Lene wirkte, als ob nur die reine Willenskraft ihren Körper noch zusammenhielt.

Hinter mir summte Tante Paula. Wir fuhren durch die Reste der Dörfer, die jetzt zu Einfamilienhaussiedlungen geworden waren. Flüchtlingsviertel mit ihren kleinen Putzhäusern aus den fünfziger Jahren wechselten ab mit den üppigen Neubauten der achtziger und neunziger. Programmatische Straßennamen aus den ehemals deutschen Ostgebieten wiesen den Weg zu der weißverputzten Neuen Heimat, während zwischen den behäbigen, wohlhabenden Klinkerbauten der neuesten Zeit nur noch unverfängliche Taufen stattgefunden hatten: Drosselweg, Finkenweg, Mozartstraße, Zum langen Feld. Nahmen die Tanten etwas davon wahr? Waren sie früher einmal hier gewesen? Erkannten sie etwas wieder?

»Alle, die mit uns auf Kaperfahrt fahren«, sang Tante Paula plötzlich laut heraus, »müssen – müssen – müssen –« Weiter wußte sie nicht. Tante Lene hielt mit ihren Klopfzeichen inne, gab aber keinen Kommentar ab, sondern sah angewidert geradeaus auf den Horizont. Ob meine stille Tante Paula den Tag mit einem Schnaps begonnen hatte?

Tante Paula räusperte sich und probierte es noch einmal: »Alle – alle, die mit uns auf Kaperfahrt fahren«, eine lange, bedeutungsschwere Pause, »müssen – müssen furchtbar früh aufstehen.« Das Kopftuch trug Tante Paula nach Piratenart gebunden. Es war ihr sehr tief ins Gesicht gerutscht. Eins stand fest: Tante Paula wollte sich amüsieren.

Die Horizontlinie, an der Tante Lenes Blick sich festhielt, verlief als beruhigende Gerade, nur an einigen Stellen von den Zacken eines schmalen Wäldchens oder Knickstreifens unterbrochen. In der Ferne gewannen langsam die dünnen, senkrechten Striche der Windräder Kontur, deren Rotoren wegen des Sturms abgeschaltet waren. Wir fuhren in eine geometrische Welt, was Tante Lene zu befriedigen schien. Die Weiden links und rechts waren ordentlich leergefegt, die Kühe noch in den Ställen. Knicks und Zäune teilten die Landschaft in Häppchen, als wollte man uns nicht mit zu großen Stücken überfordern. Tante Sissi winkte aus dem Fenster, und ich suchte im Rückspiegel nach dem Kind am Straßenrand, aber ich fand es nicht. Soweit ich es hatte sehen können, waren wir seit Minuten niemandem mehr begegnet.

Die Straße schubste uns jetzt von Schlagloch zu Schlagloch. Über uns griffen die kahlen Zweige der Alleebäume ineinander wie die Zähne eines Reißverschlusses. Moortümpel mit trügerischen Binseninseln spiegelten den grauen, schuppigen Himmel.

In der Nacht eine Autopanne haben. Ohne Taschenlampe zu Fuß ins nächste Dorf. Von der Straße abkommen. Vom Leben abkommen.

»Alle, die mit uns –«, fing Tante Paula von neuem an, aber jetzt wurde es Tante Lene doch zuviel. »Nun sei doch nicht so kindisch, Paula«, ermahnte sie ihre Schwester, die gehorsam verstummte. Tante Sissi saß daneben wie unter einer Glasglocke, die sie daran hinderte, uns überhaupt wahrzunehmen.

Rechts voraus schmiegte sich das erste Ausflugslokal in eine Gruppe schwarzer Bäume. Dunkles Fachwerk mit einem aquariumartigen Anbau lag an einem großzügig bemessenen, asphaltierten Parkplatz, der allerdings ganz leer war.

»Ich habe Hunger«, verkündete Tante Paula. »Ich glaube, es ist geschlossen«, antwortete ich. »Zur Linde« hieß das Lokal. »Das macht doch nichts«, sagte Paula und schob sich das Kopftuch aus der Stirn, »wir könnten auf den Parkplatz fahren und meinen Proviant verzehren.« Jede andere hätte gesagt: meine Brote essen, aber Tante Paula befand sich heute in einer offiziellen Stimmung. »Immer dieses Essen«, grollte Tante Lene neben mir, »erst das Meer. Erst will ich das Meer sehen.« Das schien mir vernünftig zu sein, zumal wir seit kaum einer Stunde unterwegs waren. Als ich an dem Ausflugslokal vorbeisteuerte, begann Tante Paula jedoch zu zetern. »Ich habe Hunger! Ich habe Hunger!« Am nächsten Feldweg hielt ich an.

»Hier ist es nicht schön«, nörgelte Tante Paula, »eben war es viel schöner.«

»Tante Paula, ich hole dir die Brote aus dem Kofferraum, dann kannst du während der Fahrt essen. Wir sind bald am Meer, weißt du? Es lohnt sich nicht mehr, jetzt eine Pause zu machen.« Ich redete wie mit einem kleinen Kind, und Tante Paula murmelte irgend etwas, das wie »was weißt du denn schon« klang, aber notfalls auch als »ja, gerne« verstanden werden konnte. Als ich ausstieg, riß mir der Wind beinahe die Tür aus der Hand. Ein roter Sportwagen mit aufgeblendeten Lichtern raste an uns vorbei Richtung Nordsee. Vielleicht waren wir doch nicht die einzigen Ausflügler an diesem Sonntag.

Tante Paula hantierte mühsam mit dem Brotbeutel, als sei nicht genug Platz für sie und ihre Einkaufstasche auf der Rückbank. Sie schnaufte schwer und wühlte im Butterbrotpapier herum. Obwohl ich keinerlei Hunger verspürte, entschloß ich mich, auch ein Brot zu nehmen, um Tante Paulas Begehr so nachträglich recht zu geben, damit sie keine schlechte Laune bekäme. Aber Tante Paula bot mir kein Brot an. Auch ihre Schwestern fragte sie nicht einmal, ob sie Hunger hätten. Der Geruch von Schinken und Gewürzgurken verbreitete sich aufdringlich im Auto. Im Rückspiegel konnte ich beobachten, wie Tante Paula hingebungsvoll aß, mit offenem Munde schmatzend kaute und manchmal die Fleischfasern mit den Fingern zwischen den Zähnen herauspulte. Ich sah nicht länger hin. Dann roch es nach Camembert, und ich schaltete die Lüftungsanlage höher. Tante Lene umklammerte den Griff ihrer kleinen Handtasche und wippte rhythmisch mit dem rechten Fuß.

Voraus war zwischen Grau und Grau ein Deich zu ahnen, und ich heulte beinahe vor Erleichterung. Die Straße führte direkt auf den grünen Wall zu. Eine Schafherde machte sich darüber her.

Die Straße endete vor dem Deich; es gab jetzt nur einen schmalen Fahrweg am Deich entlang; keinen Parkplatz, keine Treppe, keinen Zaun, der die Schafe hätte abhalten können. Trotzdem hielt ich. Ich wollte das Meer sehen.

»Hier ist es nicht schön«, meldete sich Tante Paula wiederum von der Rückbank. Sie hatte recht, aber nachdem ich mich einmal entschieden hatte, wollte ich nicht mehr klein beigeben. Der Camembert-Geruch im Auto war unerträglich geworden.

»Ihr könnt ja sitzen bleiben«, sagte ich patzig, »ich komme gleich wieder.« Und ich machte auch keinerlei Anstalten, einer von ihnen aus dem Wagen zu helfen. Sollten sie doch selbst sehen, wie sie zurechtkamen mit all ihren Schrullen und Käsebroten.

Der Deich war glitschig vom Regen der vergangenen Tage und vom Schafkot, aber die Tiere wichen mir aus, als ich zwischen ihnen die Steigung hinaufkeuchte. Oben reckte ich mich, blinzelte und wollte aufs Meer hinaussehen. Ich konnte es ja schon riechen, salzig klatschte es in der Luft heran. Aber vor mir lagen von schmalen Gräben durchzogene grüne Wiesen. Dahinter hatte jemand eine stumpfe braune Fläche ausgebreitet wie eine kratzige Wolldecke. Das Watt. Am Horizont trennte ein dünner bleigrauer Streifen Erde und Himmel. Das mußte die Nordsee sein. Bei Ebbe.

Auch das noch. Sissi würde es vielleicht nicht bemerken, Paula würde sich vielleicht nicht darum kümmern, aber Tante Lene? Tante Lene würde die Ebbe hassen, wie alles, was nicht richtig in der Ordnung war. Wenn Tante Lene anmarschierte, hatte auch das Wasser dazusein. Etwas anderes war gar nicht denkbar.

Ich schlenderte ohne Eile an den Deichfuß zurück. Tante Paula war tatsächlich ausgestiegen und watete mit ihren Gummistiefeln im Schafkot. »Hier ist es nicht schön!« posaunte sie, ehe sie beinahe pflichtschuldig in ein Mettwurstbrot biß. Ein Stengelchen Petersilie klebte an ihrem Mundwinkel. »Ja, du hast recht, Tante Paula, wir fahren weiter«, antwortete ich und hielt ihr die Tür auf. Ohne die verdreckten Schuhe zu säubern, kletterte Paula wieder auf den Rücksitz.

»Wir fahren weiter«, verkündete sie, als ob sie es beschlossen hätte und als ob es nicht offensichtlich wäre. Wir fuhren weiter, immer am Deich entlang.

Niemand sagte etwas. Wir passierten ein schläfriges Dorf. Die Versuchung, noch einmal über den Deich zu gucken, war nicht mehr groß. Trotzdem fuhr ich unschlüssig langsamer. Tante Lene tickte ihr Brillenetui auf das Armaturenbrett, bis ich wieder beschleunigte. Der nächste Ort schien etwas größer, und die Hälfte der Häuser waren zu Gaststätten oder Andenkenläden umgebaut. »Halt!« verlangte Tante Lene so herrisch, daß ich beinahe von der

Straße abgekommen wäre, weil ich dachte, ich hätte vielleicht eine Katze übersehen. Auch Tante Sissi schien plötzlich zu erwachen. »Hier! Hier war es«, summte sie zufrieden. Tante Paula kaute, schien aber im großen und ganzen einverstanden. Jedenfalls machte sie keinerlei Einwände, als ich auf einen Parkplatz am Deich fuhr und den Zündschlüssel umdrehte.

»So«, sagte Tante Lene und zog mit der Hand einen harschen Schnitt durch die Luft, als teilte sie den unwichtigen Teil des Tages vom interessanten. Sie griff mit beiden Händen nach ihrer Handtasche und hielt ganz still: Ich sollte sie losbinden. Mit meiner Hilfe kam eine Tante nach der anderen aus dem Auto gekrochen. Tante Lene stützte sich erst mühsam auf das Dach, streckte sich dann aber. Tante Sissi stand etwas abseits, Standbein Spielbein, und richtete graziös ihren Hut. Tante Paula hatte ihr Piratentuch abgenommen und schüttelte es im Wind: roter Klatschmohn auf grasgrünem Grund. Sie bemühte sich, es wieder um den Kopf zu wickeln, aber der Sturm riß daran, bis der dünne Stoff knatterte wie ein Fahnentuch. Kurz entschlossen schlang Tante Paula sich das Tuch mit einer Art Seemannsknoten um den Hals. Der Wind leckte begehrlich an ihrem aufgesteckten Haar. Über uns wiegten sich Möwen im Sturm, kreisten umeinander, stiegen und fielen wie an unsichtbaren Fäden aufgehängt. Sie schrien. Der blanke Hans wütete.

In einer Prozession zogen wir zur Deichtreppe: Tante Sissi tänzelte elegant voraus; Tante Paula dahinter in ihren verkoteten Gummistiefeln marschierte wie ein Aufseher. Am Ende trippelte Tante Lene mit mir im Schlepptau. Ich würde sie sicherlich den Deich hochschieben müssen.

Als Tante Sissi sich mit dem Kopf auf Höhe der Deichkrone befand, zuckte sie zurück. Sie schien einmal tief durchzuatmen, dann packte sie mit einer Hand den Hut, mit der anderen die Enden des zarten Schals an ihrem Hals. Etwas weniger graziös, doch dafür entschlossen nahm sie jetzt die letzten Stufen, oben angekommen, fuhr ihr der Wind in die Kleider, aber sie hielt stand. Das cremefarbene Cape beutelte sich wie ein bauchiges Segel weit hinter ihr. Sie war ein üppiges weißes Schiff, von der Brise auf den Deich hinaufgetrieben, aufgelaufen ein für allemal. Sie breitete die Arme aus, ohne daß Hut und Schal sie verließen. Der Saum des Capes flatterte nun hinter ihr, als schüttelte sie ihr Gefieder auf, ehe sie sich vom Wind davontragen ließ. Eine Windsbraut.

»Herrlich!« hörte ich sie flüstern, als wir endlich oben waren. »Es ist ganz herrlich!« Tante Paula stand wie ein Bauer, breitbeinig, die Hände in die Seiten gestemmt. Tante Lene hatte ich mühsam gestützt, geschoben und hochgezogen, sie keuchte lauter als der Wind heulte und klammerte sich mit eiserner Faust an meinen Arm, bis sie in der Nähe ein Schild entdeckte: »Baden auf eigene Gefahr!« An dem soliden Metallpfosten hielt sie sich nun aufrecht.

Tante Paula fiel auf eine Bank wie jemand, den

plötzlich alle Energie verlassen hat. »Hier«, sagte sie, »hier.« Unnötig zu betonen, daß immer noch Ebbe herrschte. Unser Blick blieb im Wattschlick stecken, silbrige Priele füllten sich zwar langsam, wie es schien, aber bis das Wasser bei uns sein würde, müßten noch Stunden vergehen. In der Ferne waren, sehr klein, aber doch deutlich, die Aufbauten eines Containerschiffs zu erkennen. Der Rumpf klebte unter dem Horizont, wenn er nicht schon voll Wasser gelaufen war. Tante Lene saugte das Bild mit den Augen auf, mit einem Mal wieder ein Kind, das noch nie am Meer gewesen war. »Es kommt«, sagte sie leise, und ich wußte nicht, ob sie das Schiff meinte oder das Wasser.

Die drei Tanten verharrten, jede für sich, und sahen hinaus, aber keine von ihnen schien die Ebbe zur Kenntnis zu nehmen. Vielleicht war es ihnen egal; vielleicht genügte die Idee der Küste mit dem Deich als Scheidelinie, um ihren Vorstellungen vom Wasser klare Konturen zu geben. Mir genügte sie nicht; ich wandte mich ab und stieg vorsichtig die schmalen Holzstufen hinunter, die vom vielen Regen der letzten Tage glitschig geworden waren. Am Fuße der Treppe drehte ich mich um: Die Tanten standen und saßen immer noch regungslos wie aus der Zeit gefallen. Sie gaben ein Standbild ab, sie hielten Maulaffen feil, sie standen da wie Idioten. Natürlich, es hatte ein Ausflug ans Meer werden sollen, aber deshalb brauchten sie sich nicht derart aufzuführen. Es hätte auch genügt, auf den Deich zu klettern, ein wenig auf und ab zu laufen, Ebbe und Witterung zu beklagen, um dann wieder ins Auto zu kriechen und ein behagliches Café aufzusuchen.

Auf ein geheimes Zeichen hin erhob sich Tante Paula, während sich Tante Lene langsam vom »Baden verboten«-Schild löste. Tante Sissi hatte die Arme schon länger sinken lassen, wirkte aber immer noch recht theatralisch, wie sie da den Busen dem nicht vorhandenen Meer entgegenreckte und ihren dünnen Seidenschal und den unmöglichen Hut dem Winde trotzen ließ. Schließlich drehte auch sie sich um, und die ganze Tantenkavalkade schritt feierlich vom Deiche hinab. Unschlüssig stand ich neben dem Wagen und spielte mit dem Autoschlüssel herum; etwas, das ich sonst nie tue und bei anderen Leuten hasse. »Und jetzt?« fragte ich schließlich, nachdem die Tanten sich würdevoll um das Auto herum aufgebaut hatten. »Jetzt gehen wir Kaffee trinken«, antwortete Tante Lene. Diesmal gab es keinen Streit um die Plätze, alles verlief reibungslos. Bis zur nächsten Ecke jedenfalls. »Da, Jutta«, sagte Tante Lene leise, aber streng, und wies mit ihrem knochigen Zeigefinger auf ein Haus hinter dem Deich. »Waldis Futterkrippe« stand auf einer Leuchtreklame, die von einer defekten Neonröhre zum rhythmischen Flimmern gebracht wurde.

»Da wollt ihr hin?« fragte ich fassungslos. Vor Schreck hatte ich gebremst, was Tante Lene sofort als Einverständnis auslegte. »Selbstverständlich, Jutta.«

»Da waren wir schon früher«, schaltete sich Tante Paula ein, »als du noch anderswo gelebt hast.«

»Früher war das sicher ein sehr gutes Lokal«, bemerkte ich hastig und nicht sehr überzeugend, »aber inzwischen ... also wirklich, das sieht man doch.«

»Ich wünsche hineinzugehen«, ließ sich Tante Sissi hinter mir vernehmen wie eine nörgelnde Königin. Schließlich war es mir egal. Es würde furchtbar werden, aber es war mir egal.

Linoleum, in das jeder Stuhl in den vergangenen dreißig Jahren eine Scharte gewetzt hatte, dämpfte unseren hallenden Schritt. Es war schummrig, und es roch nach altem Fett. Ich räusperte mich verzweifelt, um den Tanten Einhalt zu gebieten, die wie auf einem Feldzug entschlossen in einer Reihe vor mir hineinmarschierten, aber sie hörten mich nicht. Sie sahen herum, schritten mitten durch die Schankstube auf eine Tür zu, auf der »Privat« stand, und noch ehe ich sie hindern konnte, hatte Tante Lene die Tür bereits aufgerissen.

In einer Ecke machte sich ein behäbiger Schreibtisch breit, in der anderen stand ein Fernseher. Gleich hinter der Tür prangte die Tiefkühltruhe. Ein dicker Mann, der Schuh und Strumpf vom linken Fuß gezogen hatte und zwischen den Zehen herumpulte, lümmelte sich in einem zerschlissenen Ledersessel. Waldi, wie ich annahm, aber noch ehe wir uns einander vorstellen konnten, waren die Tanten bereits zur Hintertür wieder hinausmarschiert. Ich hastete hinterher wie an der Schnur gezogen. Es konnte ja nur schlimmer werden.

Hinter der nächsten Tür roch es muffig. Im Dunkeln ahnte man einen großen Raum, einen Saal vielleicht. »Licht!« verlangte Tante Lene herrisch, und als ich an der Wand nach dem Schalter tastete, stieß ich auf eine ganze Serie. Ich drückte sie alle, aber nichts passierte, außer daß der Mann aus dem Fernsehsessel endlich neben uns stand.

»Hier ist geschlossen«, schnaufte er mehr als er sprach, »Sie können vorne hin. Hier ist privat.«

»Habt ihr gehört?« versuchte ich, die Tanten zur Umkehr zu bewegen. Sie standen am Saaleingang, Tante Paula ganz in sich versunken, Tante Lene in die Dunkelheit blinzelnd, um Details auszumachen, Tante Sissi mit schrägem Kopf, konzentriert, wie auf der Spur eines leider allzu leisen Geräusches. Nach einem Augenblick folgten sie mir widerspruchslos durch das Privatzimmer in den Schankraum. Der Wirt, der sich inzwischen Strumpf und Turnschuh wieder übergestreift hatte, eskortierte uns zu einem Tisch und fragte nach unseren Wünschen.

»Königinnenpastete«, verlangte Tante Sissi ohne Umschweife. »Früher hatten Sie hier hervorragende Königinnenpastete. Gibt es die wohl noch?« Sie legte schon wieder den Kopf schief, was bei dem umfänglichen Hut einigermaßen merkwürdig aussah, so, als könne sie unversehens Übergewicht bekommen und vom Stuhl fallen.

Der Wirt kratzte sich überfordert hinter dem Ohr. »Tante Sissi, das ist kein Restaurant mehr wie früher. Es gibt nur noch ein paar Kleinigkeiten.«

»Rundstück warm?« fragte Tante Paula hoffnungsfroh. Sie konnte schlechterdings keinen Hunger haben. »Oder vielleicht Butterkuchen? Sie waren doch berühmt für ihren Butterkuchen.«

Der Wirt trug ein verschossenes, ausgebleichtes blaues Sweatshirt, auf dem der lilafarbene Schriftzug »Beach Life« matt leuchtete. Er sah nicht aus, als ob er für irgend etwas berühmt sein könnte.

»Käseplatte«, befahl Tante Lene. »Bei Käseplatte kann man nichts falsch machen.«

Das war nun schon beleidigend, aber der Wirt nahm keinen Anstoß. Er kratzte sich noch einmal und wandte sich dann an mich: »Bockwurst mit Brot?«

»Viermal Bockwurst mit Brot«, bestätigte ich.

»Sie können auch Pommes bekommen«, verteidigte sich der Wirt.

»Lieber nicht. Die Damen ...«, ich wedelte erklärend mit der Hand, ohne etwas zu erklären.

»Verstehe«, antwortete der Wirt, ohne etwas zu verstehen.

»Es ist ein Skandal«, stellte Tante Lene fest, nachdem der Wirt verschwunden war. »Früher war das hier ein gediegenes Lokal. Als Onkel Heinz noch lebte, waren wir oft hier, Juttalein. Und was soll ich dir sagen, wir wurden nie enttäuscht.«

»Das ist wohl schon lange her«, sagte ich, um sie zu besänftigen, aber ich erreichte das Gegenteil.

»Kein Grund!« schnaufte Tante Lene. »Man kann auch über die Jahre hinweg etwas auf sich halten. Sein Vater würde sich im Grabe umdrehen. Bockwurst mit Brot, na wenn schon. Aber daß der Saal geschlossen ist, das ist ein Skandal!«

»Dort sollte Lenchens Hochzeitsfeier sein«,

summte Tante Sissi. »Hochzeitsfeier mir Krempfeling. Ach, jung gefreit, nie gereut ...«

»Darüber möchte ich nicht sprechen, Lise!« zischte Tante Lene.

Tante Paula zog ein Camembertbrötchen aus der Tasche, die sie unbemerkt mit ins Lokal gebracht hatte, und biß herzhaft hinein. An der Seite lief der Käse in einem zähen Faden an der Brotkruste entlang. Es mußte ein sehr alter Camembert sein.

»Jaja, Krempfeling. Aber dann kam der Vater zurück und Krempfeling wollt nicht mehr. Er war nicht ganz richtig, weißt du, Juttalein? Da oben nicht ganz richtig.« Tante Sissi redete wie in einem Theaterstück. Einem falschen Theaterstück, genaugenommen. Niemals konnte ich glauben, daß der Auserwählte meiner Tante Lene nicht ganz richtig im Kopf war.

»Du warst damals anderswo! Du weißt gar nichts!« rief Tante Lene empört, aber schon etwas schwächlich.

»Anderswo?« fragte Tante Paula träumerisch. »Weißt du, Juttalein, Onkel Heinz war doch so lange anderswo, da war es eben schwierig für ihn, furchtbar schwierig. Ihr wart ja auch lange anderswo.«

»Nicht ganz richtig!« frohlockte Tante Sissi. »Keiner hat's wissen dürfen, die Mama hat den ganzen Tag geweint, jeden Tag. Und er hat schreiend unter dem Bett gelegen. Tag und Nacht. Niemand wollte eine heiraten, die so einen Vater hat. Auch Krempfeling nicht mit seiner schiefen Nase und seinem Hinkefuß!«

»Er hat nicht gehinkt! Nur ein Bein ein bißchen nachgezogen. Das sah beinahe vornehm aus«, flüsterte Tante Lene zerschmettert.

»Lise! Nun laß doch. Juttalein, so war es wirklich nicht, es war«, Tante Paula räusperte sich, »es war anders. Anderswo. Es war anderswo.«

»Hinkefuß!« rief Tante Sissi, immer noch wie entfesselt. All die vornehme Zurückhaltung, die sie den ganzen Tag über gepflegt hatte, war nur eine Schale gewesen, unter der sie einen großen Zorn herangezogen hatte. Sie dekorierte sich mit schimmernden Löckchen und cremefarbenen Schleiern wie eine Braut, damit niemand etwas bemerken sollte. Eine Teufelin mit Sahnehaube.

»Vier Bockwurst mit Brot.« Der Wirt kam herein, trug aber nur zwei Teller, die er nach kurzem Zögern vor Sissi und Paula stellte. »Besteck kommt gleich«, fügte er sicherheitshalber hinzu, falls jemand in Zweifel ziehen wollte, daß er Messer und Gabeln besaß.

»Senf!« krähte Tante Sissi. »Wo bleibt der verdammte Senf? Der verdammte, verdammte Senf.« Plötzlich starrte sie stumm auf den Fußboden, als ob der Senf dort unvermutet auftauchen würde. Oh, wie ich Leute hasse, die stumm auf den Fußboden starren.

Ich sah alles vor mir: Tante Lene, die verzweifelt genug war, sogar einen Hinkefuß zu heiraten, Tante Sissi, die mit einem Hallodri davonzog, nur um endlich anderswo zu sein, Tante Paula, die nicht wußte, wie sie es anstellen sollte, davonzukommen. Keine von ihnen war davongekommen, nicht einmal Tante Sissi. Tante Sissi vielleicht sogar am allerwenigsten, sonst hätte sie nicht derart krakeelen müssen. Alle drei hockten sie unter dem Segelschiffbild, ihr ganzes Leben, und warteten auf gut Wetter. Was aber war mit Tante Jutta und Onkel Heinz?

Tante Lene sah elend aus, zusammengefaltet, ein leerer, vergessener Sack. »Deine Bockwurst, Tante Lene«, erinnerte ich sie, vielleicht konnte man sie von innen aufpumpen mit etwas Essen, sie neu durchladen, den General in ihr zurückbringen. Wie sonst sollten wir auf unserem Floß wieder aus dieser Kneipe heraustreiben, ohne anzustoßen, Schaden zu nehmen, kaputtzugehen?

Ich konnte mich nicht erinnern, daß Onkel Heinz schreiend unter dem Bett gelegen hatte. Allerdings war ich noch klein, und wir waren meistens anderswo. Vielleicht versteckten sie ihn, wenn er unter dem Bett liegen mußte, ließen niemanden ein; vielleicht kam es wie Anfälle, zwischendurch war er präsentabel, wurde in einen Anzug gesteckt und vorgezeigt. Vielleicht lag er unter dem Bett in Anfällen, während Tante Jutta im Bett lag in Anfällen. Der Haushalt war ausgerüstet wie ein Überlebenscamp, mit Konservendosen und Trockenfrüchten, damit man während der Anfallszeiten das Haus nicht verlassen mußte; mindestens zwei waren nötig, um den Anfälligen zu beruhigen, und gnade Gott! wenn beide Anfälle zeitgleich eintraten, nicht auszudenken, alle Hände voll zu tun. Vielleicht holte man Doktor Markmann, ehe wir auf Besuch kamen, und der spritzte Onkel Heinz zum lieben Onkel, den ich kannte. Dem Entenfüttereronkel mit dem schlimmen Bein. Trotz meiner Verwirrung kam mir das Zusammentreffen von Onkel Heinz' schlimmem Kriegsbein und Krempfelings Hinkefuß ebenso kurios wie unwahrscheinlich vor. Ich rieb unauffällig unter dem Tisch meine rechte Wade, die juckte. Was für einen Anblick hätte es auf Familienfesten gegeben, eine Humpel- und Hinkeparade! Es hätte sich schwer mit Tante Lenes Sinn für Würde vertragen.

Im Moment preßte sie das Kinn auf die Brust, eine Geste, aus der sie Kraft zu ziehen schien. Ihr Hut saß immer noch mit der Krempe tief und schief in der Stirn. Tante Paula biß schwungvoll in ihre Bockwurst, die sie mit Daumen und Zeigefinger so fest gepackt hatte, daß die Haut platzte und dünner, fettiger Saft auslief. Tante Sissi hatte mit dem Besteck zunächst den Wurstzipfel entfernt, ordentlich auf dem Tellerrand plaziert, dann die Wurst skalpiert. Die Pelle lag in einem Kringel in der Mitte des Tellers, umgeben von den wenigen Überbleibseln der Wurstmasse, die nicht an der Pelle kleben blieben. Gerade pickte sie ein winziges Stück davon auf, ließ es kurz über dem Senfklecks schweben, um es dann doch nicht hineinzutauchen, führte es mit zierlicher Bewegung zum Mund und schluckte, ohne zu kauen oder zu schmecken. »Köstlich«, flüsterte sie. Meine Wade kribbelte.

»Ich will hier raus«, befahl Tante Lene, »sofort. Und keine Widerrede.« Obwohl sie nurmehr wie ein trotziges Kind klang, ließen ihre Schwestern Besteck und Würstchen sinken. Tante Lene umklammerte meine Hand. Das hatte sie bis zu diesem Tag noch nie getan, ich sollte ihr aufhelfen. Mühsam schob ich mich an der Tischkante hoch, ehe ich Tante Lene vom Sitz zog, wobei ich beinahe umsank, weil ich kein Gefühl mehr im rechten Bein hatte. Es war eingeschlafen. Aber Tante Lene wollte nicht warten. Sie hakte mich unter und stöckelte vorwärts. Ich humpelte an ihrer Seite, und man konnte nicht erraten, wer von uns beiden wen stützte. Hinter uns schlurften Lenes Schwestern. Ich vergaß, zu bezahlen, aber der Wirt war sowieso nirgends zu sehen.

Im Auto sprachen die Tanten nicht. Auf der schlechten Straße durchs Moor blendeten Scheinwerfer hinter uns auf, ein Wagen überholte mit hoher Geschwindigkeit. Mir wurde ängstlich zumute, obwohl er schnell vor uns davonzog und verschwand.

Irgendwann hörte ich Tante Paula leise hinter mir summen. »An der See, an der See, da war Onkel Heinz so gern …« Vielleicht hieß es aber auch nicht »an der See«, sondern »anderswo«. Ich konnte es nicht genau verstehen.

## 5

Sechs Wochen später war Tante Lene tot. Es war ein schöner, sonniger Apriltag, als Tante Sissi es mir am Telefon sagte: »Helene ist gestern abend gestorben. Sei nicht traurig, es ist besser so. Sie war sehr krank.« Ich begriff nicht, wovon sie sprach, ich ärgerte mich, daß Tante Sissi anrief und nicht Tante Paula, die doch Tante Lene viel näher stand und es mir hätte sagen sollen. Wochenlang hatte ich nichts mehr von den Tanten gehört, aber mir nach dem mißglückten Nordseeausflug wenig daraus gemacht. Jetzt fühlte ich mich ausgeschlossen. Es wäre richtiger gewesen, sagte ich zu mir, wenn Tante Paula mich angerufen hätte. Außerdem ärgerte mich, daß ich selbst am vergangenen Abend nichts Wichtiges getan hatte. Ich konnte mich kaum erinnern, wie das Wetter gewesen war. Ich hatte länger gearbeitet, war heimgekommen und hatte belanglose Sendungen im Fernsehen angeschaut, bei denen ich mich nicht einmal auf die Titel besinnen konnte, schon weil eine unangenehme Unruhe mich dazu zwang, andauernd umzuschalten. So gab es keinen Haltepunkt in meinem eigenen Leben, an den die Erinnerung an den Tod meiner Tante gekoppelt sein würde, nichts war da an jenem Abend, das anders in der Erinnerung zu behalten war als bloß banal.

Es dauerte eine Weile, bis ich begriff. Ich bot Tante Paula meine Hilfe bei den unvermeidlichen Formalitäten an und wurde abgewiesen: Es sei alles aufs

Beste geregelt, Lise helfe ihr, wo sie könne, und Lises Kinder kämen auch bald. »Sie war gar nicht beim Zahnarzt«, sagte ich beinahe böse. Tante Paula reagierte nicht, aber ich wußte, daß ich recht hatte. Tante Lene wäre überhaupt niemals zum Zahnarzt gegangen, sie hatte kerngesunde, blitzende Zähne bis ins hohe Alter. Sie war an jenem Tag wirklich zum Arzt gegangen, und wahrscheinlich erst, als es längst zu spät war. Bis dahin hatte sie ihre makellosen Zähne zusammengebissen.

Auf der Trauerfeier fanden sich wenige Nachbarn und Bekannte ein, die ich zu Tante Lenes Lebzeiten beinahe alle nicht in ihrer Nähe gesehen hatte. Vor der Halle mußten wir warten, weil das voraufgehende Begräbnis noch nicht zu Ende war, eine Schlamperei, die Tante Lene niemals geduldet hätte. Es war die erste einer Reihe von Niederlagen, die sie nicht mehr würde verhindern können, aber dafür auch nicht mehr erleben mußte. Die nächste war die unachtsame Anordnung der wenigen Kränze, die die Lücken nur sichtbarer machte, und schließlich die schlechte Orgelspielerin, die vermutlich im Hauptberuf eine Dampframme betätigte, so kräftig bearbeitete sie Register und Tastatur.

Vor der Feier sprach mich eine Frau im türkisfarbenen Mantel an, die ich nicht kannte und die mich offensichtlich mit jemandem verwechselte. »Haben Sie das auch gehört? Sie soll ja ganz von Krebs zerfressen sein. Ist das nicht furchtbar?« Mit ihrem gierigen Blick wartete sie auf meine Antwort. Mir schossen die Tränen in die Augen, was sie gleichermaßen überraschte und befriedigte. Die Frau war ungefähr im selben Alter wie Tante Lene, und der Triumph der Überlebenden strahlte ihr unmißverständlich aus den lidschattenumrandeten Augen. Durch meine Tränenschlieren konnte ich Tante Sissi ausmachen, die sich gerade in einem Taxi vorfahren ließ, und rief erleichtert nach ihr, wenn auch mit gedämpfter Stimme. Aber Tante Sissi mit den Ohren wie ein Luchs hörte mich nicht.

Die Trauergemeinde, die mit Ausnahme von Detlef, Cornelia und mir aus alten Frauen und wenigen alten Männern bestand, sang mit zittrigen Stimmen »So nimm denn meine Hände«. Der vollbärtige, korpulente Pfarrer, der ausgerechnet Waldi bis zur Albernheit ähnlich sah, sprach phlegmatisch über die Wiederkehr der Jahreszeiten, wie jedes Ding seine Zeit hätte, der Frühling mit all seinem Licht und seiner Blütenpracht aber auch ein Symbol der Hoffnung darstelle. Man hörte, daß er das alles nicht zum ersten Mal sagte. Seine Lippen glänzten fettig, als habe er sich nicht die Mühe gemacht, sich nach dem Mittagessen den Mund abzuwischen. Als er Gott bat, »unsere Schwester, Frau Helene Argendorf« gnädig bei sich aufzunehmen, wußte ich, daß er log. Es war ihm egal; ihr wäre es auch egal gewesen. Das also blieb Tante Lene am Ende: ein Pfarrer, der die Angelegenheit in einer halben Stunde abmachte und einige Nachbarinnen, die froh waren, daß sie selbst noch lebten, und sich beim Orgelausklang von wohligen Schauern überrinnen ließen. Und natürlich ihre Schwestern. Und ich.

Draußen blitzte die Sonne, es roch nach frischer, feuchter Erde, und ich wünschte, wir hätten einem Sarg zum Friedhof folgen können, den würdigen Trägern bis an die Wunde in der Erde, den Trägern, die Tante Lene in den weichen Frühlingsboden legen sollten, damit sie es bequem hätte. Aber die ordentliche Tante Lene hatte sich verbrennen lassen wollen, wahrscheinlich aus hygienischen Überlegungen. So kam es, daß sich in der Aussegnungshalle der Boden unter ihrem Sarg aufgetan hatte, der dann mit einem leichten Rumpeln der Mechanik neben dem Pfarrer ruckartig versunken war. Schon wieder etwas, das nicht in der Ordnung war. Wäre Helene Argendorf selbst zuständig gewesen, alle Zahnräder und Kugellager wären tadellos geölt gewesen.

In einem kleinen Café in der Nähe des Friedhofs hatten die beiden verbliebenen Tanten das Hinterzimmer gemietet. Der kahle, weiße Raum war nur durch zwei unsägliche Wandarrangements geschmückt, in denen Strohblumen auf Wagenräder geflochten waren und gehenkte Gräser büschelweise in Kupferrohren steckten. Nach und nach versammelten sich beinahe alle Trauergäste aus der Aussegnungshalle. Die Frau im türkisfarbenen Mantel war schon als eine der ersten eingetroffen, noch vor den Tanten, hatte bereits an der Tafel Platz genommen, ehe die letzten Gäste abgelegt hatten, und führte das große Wort: »Früher hätte man ja in so einem Fall gar nichts machen können, aber heute gibt es doch Methoden. Frau Argendorf, habe ich gesagt, Fräulein wollte sie ja nicht mehr genannt werden, Frau

Argendorf, gehen Sie zum Arzt! Man muß sich doch mal durchsehen lassen. Aber sie hörte ja nicht.«

»Wer ist die schreckliche Person?« zischte Cornelia in mein Ohr, und ich zuckte hilflos mit den Schultern.

»Nun, meine Lieben, unterhaltet euch gut«, sagte Tante Sissi zu uns, während sie ihrer Tochter und mir die Hand auf die Schulter legte. Das war freundlich, aber irgendwie auch unpassend. »Lise, komm zu mir, bitte«, ermahnte Tante Paula sie auch gleich in einem von Tante Lene erborgten oder ererbten Tonfall. Meine eigene Familie war nicht erschienen, meine Eltern befanden sich allzu lange und allzu sehr »anderswo«, um sich für den Tod von Tante Helene noch zu interessieren. Sie hatten mir fünfzig Mark für ein Blumengesteck geschickt.

»Es muß furchtbar für sie gewesen sein. Furchtbar! Ich kann es gar nicht fassen«, frohlockte die schreckliche Person in beschwingtem Tonfall. Sie packte ihre Tischnachbarin, eine ältere Dame mit dunkelblauem Halstuch, beim Handgelenk und erzwang mit eisernem Griff ihre Aufmerksamkeit: »Niemand wußte es! Niemand! Die engste Familie nicht. Na, die ... Aber ich habe es ihr schon lange angesehen.«

Nur drei Männer saßen mit um den langen Tisch herum, mein Vetter Detlef, der Pastor und ein älterer Mann, dessen Gesicht mir vage bekannt vorkam. Für einen Augenblick erinnerte er mich an Onkel Heinz, ehe ich den Gedanken wieder verwarf. Ich wußte überhaupt nicht mehr, wie Onkel Heinz aussah; das heißt, ich wußte es nur von Fotos. Von zwei Fotos, das fiel mir jetzt wieder ein, zwei Fotos, die Tante Lene gehört hatten und die vom vielen Vorzeigen schon ganz abgegriffen waren. Sicherlich hatte sie noch mehr Bilder ihres Vaters besessen, aber die hatte sie für sich behalten. Onkel Heinz löste sich schon vom Papier, wodurch er noch unwirklicher aussah. Ein Bild zeigte ihn in Wehrmachtsuniform, hocherhobener Kopf, angedeutetes Lächeln, Brust raus. Es war im Studio aufgenommen worden, ehe »es« losging. Jedenfalls sagte das Tante Paula jedesmal, wenn das Bild auf den Tisch kam. Das sollte wohl heißen, daß er nach dem Krieg etwas weniger schmuck ausgesehen hatte. Auf dem anderen Bild war »es« schon losgegangen, er stand, immer noch in Wehrmachtsuniform, aber deutlich weniger glatt gebügelt und geschniegelt, in einer fremden Landschaft, anderswo, an einen kahlen Baum gelehnt. Der Hintergrund war undeutlich und verwischt, einige an den Boden geduckte Gebäude konnte man ahnen und etwas wie eine Straße oder einen kleinen Fluß, jedenfalls einen langgezogenen dunklen Fleck, der an den Rändern ausfranste wie in lauter kleinen weißen Köpfen, Schaumköpfen oder weißbemalten Steinen.

Teller mit Butterkuchen und belegten Broten wurden aufgetragen. Tee und Kaffee knallte die junge, übermagere Bedienung einfach in Thermoskannen mitten auf den Tisch, als lohnte sich für uns die Mühe nicht. Immerhin versuchte sie, dabei eine Art würdigen Gesichtsausdruck aufzusetzen, wobei ihr

Nasenring jedoch den Eindruck verdarb. Später sah ich sie rauchend hinter der Theke stehen und mit dem Wirt schäkern.

Komisch, daß sich nach dem Krieg niemand mehr die Mühe gemacht hatte, Onkel Heinz zu fotografieren. Für einen Moment schloß ich die Augen, um mir ihn vorzustellen, doch ich kam über den unverwechselbaren Zigarrengeruch einfach nicht hinaus. Ich glaube, er trug Hosenträger und einen dunkelgrauen Anzug. Ich denke, er hatte nicht mehr viele Haare. Ich meine, seine Augen waren von einem verwaschenen Blau wie der Himmel an einem zu heißen Tag. Eines seiner Lider zuckte beständig, aber welches? Ich weiß es nicht sicher. Er zog sein Bein nach, ja, das mit seinem Bein dürfte verbürgt sein. Schon schmerzte mein Bein unter dem Tisch wieder. Ich hatte das Gefühl, daß mich der Schmerz an etwas erinnern sollte, aber ich wußte nicht, an was.

Meine Tanten trugen den Verlust mit bewundernswerter Haltung, fand ich. Tante Paula hatte sogar ganz rote Bäckchen bekommen vor Eifer, alles richtig zu machen, und Tante Sissi sah beinahe fröhlich aus; vielleicht, weil ihre Kinder zugegen waren, die sonst nur selten aus Süddeutschland anreisten. Tante Paula winkte der mürrischen Bedienung und flüsterte lebhaft mit ihr, während die anderen Gäste sich bemühten, die dreiste Person zu überhören, die weiterhin von Tante Lene so sprach, als ob ihr mit dem Tod ganz recht geschehen sei: »Ja, wenn man glaubt, nichts könne einem etwas anhaben! Ja, wenn man sich nicht um die Gesundheit besorgt! Ja, ein wenig kümmern muß man sich natürlich! Ja, da heißt es dann zurückstecken! Ja, andere haben natürlich auch Verwandte, die sich mal kümmern!«

Hinter einem runden Tablett voller Schnapsgläser erschien die jetzt etwas besser gelaunte Bedienung, die mit abgezirkelten Bewegungen ein Glas vor jeden Gast setzte, egal ob er oder sie protestierte oder nicht.

»Wir wollen trinken!« verkündete Tante Paula, die sich erhoben hatte, und es klang beinahe wie »wir wollen beten«. Automatisch erhoben sich auch alle anderen und falteten die Hände vor den Bauch. »Wir trinken auf meine Schwester Helene«, sprach Tante Paula, die Stimme kippelte nun doch ein bißchen. Wir warteten auf den Rest der Rede, aber Tante Paula setzte einfach ihr Glas an den Mund und goß die klare Flüssigkeit hinunter, geübt, doch ohne eigentlich hinzuschmecken. »Auf Lene«, murmelte jetzt die eine oder andere verlegen, ehe wir alle die Gläser erhoben, aber nicht zur gleichen Zeit: Einige hielten ihren Schnaps schräg nach oben gereckt, als wollten sie miteinander anstoßen, während andere schon vorsichtig nippten – Tante Lene hätte das Durcheinander niemals geduldet. Tante Sissis Wangen färbten sich schlagartig; sie vertrug wahrscheinlich keinen Klaren. Die Kellnerin erschien bereits mit dem nächsten Tablett. Jetzt mußte nicht mehr genötigt werden, fast drängten sich die Gäste nach den Schnäpsen. »Auf Lene!« rief Tante Paula nun schon beinahe feurig, und der Mann, der wie Onkel Heinz aussah, sagte: »Hoch soll sie leben!«

Darauf schwiegen alle betreten, bis auf die schreckliche Person, die weiter auf ihre Nachbarin einredete. Ich trank noch einen Schnaps, ich vertrage keine Beerdigungen.

Ein Feuerball zischte durch meinen Bauch und boxte mich ins Herz. Nie wieder würde Tante Lene ungeduldig mit den Handschuhen in die Hand schlagen, schon im Türrahmen stehen, wenn ich gerade erst um die Treppenkurve bog. All ihre Ungeduld fiel mir wieder ein, ihr ewiges Drängeln und Wippeln, Trippeln und Zappeln. Als wollte sie unbedingt als erste der drei Schwestern ins Grab hinunter. Ich wußte, das war absurd, doch um so hartnäckiger setzte sich der Gedanke in mir fest.

Noch peinlicher war es mir, weil sich die beiden Schwestern ja noch quicklebendig durch diese Beerdigung tranken und durchaus nicht den Eindruck machten, ihrem Feldwebel allzubald folgen zu wollen. Eben segelte Sissi mit roten Wangen auf mich zu. Sie kramte aus ihrer Handtasche eine Probeflasche Kölnisch Wasser, an der noch der Werbezettel hing, und betupfte sich geziert hinter den Ohren. »Wer ist die schreckliche Person?« fragte ich sie. »Den kenne ich auch nicht, du meine Güte«, flötete sie, »ich glaube, der geht auf jede Beerdigung. Bloß von wegen du weißt schon.« Sie kippte demonstrativ ihr leeres Schnapsglas zackig neben ihr rechtes Ohr und versprengte so die letzten Tropfen auf ihrer schwarzen Spitzenbluse. Der scharfkantige Geruch des Alkohols vermischte sich mit der dumpfen Parfumwolke. Kölnisch Wasser konnte ich schon als

Kind nicht leiden, wenn man mir damit unterwegs das Gesicht abputzte. Bis heute bekomme ich Kopfschmerzen von dem Geruch.

»Ich meine doch die Frau, die in Türkis.«

»Ach Frau Paulsen, ja, die hat Lene nie leiden können«, antwortete Tante Sissi achtlos. Sie stäubte etwas Puder über sich aus einer Dose, die gut in eine Puppenstube gepaßt hätte. Ein Werbegeschenk sicherlich. Dann ließ sie mich stehen, und ich schnappte der wieder mürrisch gewordenen Bedienung ein Glas vom Tablett, mit dem ich auf einen beiseite gestellten Stuhl sank, sozusagen in den Windschatten der Beerdigungsgesellschaft. Von Schnapsgeruch bekomme ich keine Kopfschmerzen, aber neben mir brandete erneut ein Schwall Kölnisch Wasser heran. Es rumpelte und traf mich an der linken Schulter. Die schreckliche Person war gestolpert und halb über mich gesunken; das heißt, sie stützte sich mit einer Hand schwer auf mich, um nicht vollends hinzuschlagen. Eine Zentnerlast bohrte sich erbarmungslos in mein Schlüsselbein. Man würde den Notarzt rufen müssen.

»Hoppla!« rief Frau Paulsen unbeeindruckt. »Sind Sie nicht die Nichte? Die, wo man nie bei Frau Argendorf gesehen hat? Na, Sie wohnen sicher sehr weit weg. In Süddeutschland, nicht wahr?« Ohne die geringste Eile nahm sie die Hand aus meiner Schulter. Während ich erklärte, hörte ich Tante Sissis bereits verwaschene Stimme im Hintergrund: »Wo ischt der Ausch? Wo ischt der Ausch?« Sie schlingerte ein wenig; Paula schoß auf sie zu und faßte sie grob am Arm. Zu grob, fand ich. »Wo ischt der Auschgang?« fragte Tante Sissi ganz unbeleidigt, eher schon erleichtert, ihre Schwester zu sehen. »Mir ischt ausch«, nuschelte sie jetzt, und ich sah Tante Paulas Griff fester werden, »mir ischt ausch – auschgiebig übel.« Tante Paula schob sie hinaus.

»Naja, Fräulein, haben Sie denn eigentlich Lenchens Eltern noch gekannt? Wahrscheinlich nicht, wie, die ließen sich ja auch kaum noch sehen, ach ja, es war ja auch nicht schön, sage ich immer, erst das mit dem Bein und dann noch im Kopf so komisch, erst sie und dann er, nee, arme Paula, das Lenchen hat ja rechtzeitig fortgemacht, obwohl, wenn ich recht bedenke, auch armes Lenchen, hat sich ja der Herr Galan dann auch wieder fortgemacht, weil der Herr Vater kuckuck war, ist auch nicht gerecht. Obwohl es ja könnte in der Familie liegen.« Die schreckliche Person sah mich an wie jemanden, von dem nicht viel zu erwarten war. Da hatte sie sicher recht.

»War mein Onkel, ich meine, Großonkel Heinz verrückt?« fragte ich sie.

»Neinnein, bloß so ein bißchen komisch im Kopf. Er hat immer geschrien. Das soll ja vom Krieg gekommen sein, na ich weiß nicht, vom Krieg ist unser Haus weggeflogen, aber komisch im Kopf? Haben Sie ihn denn gekannt?«

»Er hat früher Enten mit mir gefüttert.«

»Wirklich? Also, das glaube ich nicht. Das muß ein anderer Onkel gewesen sein, überlegen Sie man noch mal.«

Absurderweise überlegte ich tatsächlich, obwohl ich gar keine anderen Großonkel hatte. Tante Paula kam herein, suchte, sah mich und zog mich nach draußen auf die Damentoilette. Tante Sissi hockte dort schwer atmend, die Augen geschlossen. »Mir ischt ausch«, sagte sie langsam in ihrem süddeutschen Singsang, und Paula brüllte sie an: »Nun hör doch endlich auf damit!«

»Auschgiebig übel«, ergänzte Tante Sissi ungeniert, aber mühsam. Dann erbrach sie sich an die rosa gekachelte Wand. »Bring sie nach Hause«, fuhr Tante Paula mich an, »aber zu mir!«

»Aber Tante Paula, sollte sie nicht lieber ins Bett? Und was ist mit Detlef und Cornelia?« Tante Paula drehte sich an der Tür noch einmal um und sah mich bloß an. »Zu mir«, sagte sie fest und reckte ihren üppigen Hals aus dem schlichten schwarzen Baumwollpullover. Es war kein Zierat an Tante Paula, kein überflüssiger Faden. Und es war kein Widerspruch möglich.

Ich lud Tante Sissi in ein Taxi. Als der Fahrer, ein junger Mann, uns sah, holte er einen Plastiküberzug für die Rückbank aus dem Kofferraum. Danach entschuldigte er sich vielmals, aber es sei ja nicht sein Taxi. Ich wartete darauf, daß er sagen würde, sein Taxi hätte Tante Sissi gerne vollkotzen dürfen, aber so weit wollte er doch nicht gehen. Tante Sissi lächelte einem imaginären Publikum huldvoll aus dem Fenster zu und machte zu meiner großen Erleichterung ohnehin keine Anstalten, sich noch einmal zu erbrechen. »Dieser junge Mann ischt ausch«, wisperte sie mir in einer Art Bühnenflüstern zu, und ich teilte allmählich Paulas Widerwillen gegen die kleine Silbe, »auschgeschprochen nett.« Der Fahrer drehte sich halb zu uns herum und grinste, ein Herzstocken lang sah ich Jochens Lächeln vor mir und schob es sofort beiseite.

Ein sargdunkler Hausflur umfing uns. Tante Sissi schnaufte die Treppe hoch; vielleicht war es doch alles etwas viel gewesen, »vor allem der Schnaps« hörte ich Tante Lenes scharfes Zischen knapp hinter meiner Schulter. Kaum, daß ich mich erschreckte, so sehr vertraut klang mir noch ihr Kommandantinnenton. Ohnehin schien Tante Sissi nichts gehört zu haben. Der von Paula zugeteilte Wohnungsschlüssel verklemmte sich im Schloß, die Tür wollte erst gar nicht aufgehen und gab dann mit einem Ruck nach, so daß ich Mühe hatte, nicht kopfüber in die Wohnung zu schießen. Tante Sissi kicherte, als ob ich gerade einen tollen Witz gemacht hätte.

»Ausch!« sagte sie. »Auschgezeichnet.« Dann schlingerte sie, kleine Barkasse im dunklen Teppichmeer, bis zur Garderobe, breitete ihren Mantel auf dem Boden aus und legte sich darauf. Nichts, das weniger Wucht entwickeln würde als eine Bombenexplosion, würde sie zum Aufstehen bringen können.

Mit einer Wolldecke deckte ich das Tantenübel zu und versuchte dann, Kaffee zu kochen. Aber obwohl ich Tante Paula oft, ja zu oft dabei beobachtet hatte, ging es mir nicht von der Hand. Lange mußte ich den Filter suchen, in der Kaffeedose war nur ein kleiner Rest Pulver, beim Umfüllen aus der neuen Tüte verschüttete ich einen großen Haufen Kaffee. Der heiße Wasserstrahl aus dem Kessel traf den Filter so, daß das Papier zusammensackte und das Kaffeemehl wie schwarzer Schlamm in die Kanne tropfte. Die Dinge empörten sich gegen mich. Ich machte etwas falsch, das ahnte ich, aber was, das wollte mir nicht einfallen.

Mit einer angeschlagenen Tasse aus dem Sammelsurium im Küchenschrank begab ich mich auf die lange Reise ins Wohnzimmer, umschiffte elegant den Tantenklumpen im Flur und setzte mich an den Tisch, wobei ich streng darauf achtete, nicht Tante Lenes Platz zu nehmen. Das Mobile am Fenster hing ganz schief, die Fäden von den Silberkugeln hatten sich verheddert. Ich stand noch einmal auf, um es in Ordnung zu bringen, ein dummer, wahrscheinlich deutscher Reflex, denn ich mochte das Mobile gar nicht. Mobiles an sich sind mir ebenso zuwider wie Stickbilder. Aber es gelang mir nicht, die dünnen Nylonfäden zu entwirren; es sah hinterher schlimmer aus als vorher.

Mein Stuhl, bedroht vom schweren Kronleuchter, war genau zum Bild ausgerichtet. Wieder entdeckte ich den kleinen Schaden in den Wolken, die Tür, durch die die Schiffbrüchigen aus dem Bild verschwunden waren, ehe ihr Leiden unerträglich geworden war. Das, so war ich mir sicher, war das gewisse Geheimnis des Bildes. Der Bombensplitter. Neben meiner Kaffeetasse lag eine Pralinenschachtel, die schon ein wenig vergilbt aussah. Sie enthielt alte Fotos; kleine schwarzweiße Pappstücke mit gezackten Rändern, in Form gebrachte Vergangenheit. Zuoberst ein Foto von Tante Lene, jung, mit Hut und neben einer vielleicht künstlichen Palme, aber genauso streng, wie ich sie im Alter kennengelernt hatte. Der Fotograf mußte Angst vor ihr gehabt haben. Dahinter wieder die beiden Bilder von Onkel Heinz; das heißt, es waren viele Bilder. Das strahlende Uniformbild, Onkel Heinz als Vorkriegsware, gab es in verschiedenen Größen, auf verschiedenen Papieren abgezogen, in mehreren Exemplaren. Eine ganze Armee von Onkel Heinzen, munter Richtung Polen ziehend. Der spätere Schnappschuß vor dem dunklen Fluß war dagegen genauso abgegriffen und verschwommen, wie ich ihn in Erinnerung hatte. Die Ecken bröselten schon ab. Davon gab es keinen zweiten Abzug. Wieder nahm ich dieses Bild in die Hand und betrachtete es. Ein Fluß mit Schaumköpfen. Schiffbruch. Ein Meer, Onkel Heinz auf einer einsamen Insel, an einen Baum gelehnt. Jedenfalls keine künstliche Palme.

»Herrschaftszeiten, was ist denn das?« tönte Tante Paula aus dem Flur. Ich hatte sie nicht kommen hören. »Ausch«, wimmerte Tante Sissi, während Tante Paula aufjaulte, »auschgeschlafen.« Sie richtete sich kurz auf. Dann wurde ihr schwindelig, und sie kippte wieder um.

»Lise!« rief Tante Paula ganz erbost, aber ich nahm sie im Schlepptau mit ins Wohnzimmer: »Laß sie liegen, Tante Paula, wir können sie doch nicht hochziehen. Wenn sie sich ein wenig ausgeruht hat, kommt sie schon wieder auf die Beine.«

Tante Paula faltete die Lippen sorgsam aufeinander und wirkte gekränkt, ließ sich aber doch bis zum Tisch führen. Auch sie vermied es, sich auf Tante Lenes Stuhl zu setzen. Mit den Fingern spielte sie Klavier auf der Tischkante. »Ja, unsere Lene«, sagte sie schließlich, aber wohl nur, weil sie das Gefühl hatte, etwas sagen zu müssen.

»Wie ist eigentlich der Splitter in das Bild gekommen?« fragte ich, weil ich auch das Gefühl hatte, etwas fragen zu sollen, was möglichst weit weg führte von meiner toten Tante.

»Splitter?« fragte Tante Paula zurück und sah mich an wie eine Geisteskranke. »Splitter«, ich wurde zu Tante Paulas Echo, »Splitter – da oben – in den Wolken – das Loch – du hast doch gesagt, es wäre ein Splitter gewesen.« Gleichzeitig fiel mir ein, daß ich nie etwas von Bomben auf dem Tantenhaus gehört hatte. Meine Großeltern waren »ausgebombt«, ein Wort, vor dem mir als Kind gruselte, raus und ausgebombt, das Klavier stand auf der Straße, aus der brennenden Wohnung hatten sie's noch geholt, ausgerechnet das Klavier. Als Kind hatte ich mir Straßen voller Möbel von »ausgebombten« Familien vorgestellt, die auf dem Gehweg kampieren mußten. Und Krieg schien etwas zu sein, das jederzeit von neuem beginnen konnte, denn der Satz »Und dann kam der Krieg« klang bei allen älteren Verwandten so normal wie »Es wurde Winter«.

»Wart ihr ausgebombt?« fragte ich, und das Wort, das ich seit zwanzig Jahren nicht mehr gehört hatte, ging mir mühelos von den Lippen. »Ausgebombt?« Tante Paula starrte mich wieder an, als sei ich nicht recht gescheit. »Natürlich waren wir nicht ausgebombt. Es war Mutters große Kristallschüssel, du machst dir keinen Begriff davon. Ich mußte ja hinterher klar Schiff machen.« Ihre Hände spielten jetzt mit dem Bild von Tante Lene, ihre Finger umfuhren den gezackten Rand. Vielleicht hatte Helene das Bild für ihren Verlobten machen lassen. Der hatte bestimmt auch Angst vor ihr bekommen.

»Wo ist das eigentlich aufgenommen?« fragte ich Tante Paula und zeigte auf das Bild von Onkel Heinz am dunklen Fluß, um Tante Paula von ihrer toten Schwester abzulenken. Sie nahm das Foto in die Finger. »In Polen«, sagte sie kurz. Die kleinen Schaumköpfe auf dem finsteren Wasser zogen ein gleichmäßiges Muster. Wie lauter kleine Männchen, eine Armee von kleinen Männchen, die an Onkel Heinz vorbeidefilierte. »Ausch«, stöhnte Tante Sissi auf dem Flur, »auschausch.«

»Er hat die Kristallschüssel ins Bild geworfen, aber er hat nicht richtig getroffen«, bemerkte Tante Paula hastig, »ja, Jutta, du machst dir keinen Begriff davon, aber weißt du, es ging ihm ja oft nicht gut, Onkel Heinz, sein Bein und Polen und all das, und da war es manchmal einfach reineweg zuviel, und Mutter, Tante Jutta, meine ich, war ja auch nicht immer einfach, und er kam so spät zurück, alle anderen taten, als wäre nichts, als sei das normal, weißt du? Und er stand da und konnte gar nichts mehr, ach, dein Onkel Heinz, nein, er war nicht wirklich so, aber er mußte doch alles ganz allein bezahlen, er war ja nicht schuld, aber dabehalten haben sie ihn doch, anderswo, Gott sei Dank ist dem Bild fast gar nichts passiert, nur der eine Splitter oben in den Wolken. Wir wollen nicht mehr davon reden, mein Kind.«

»Auschgebombt«, röchelte Tante Sissi im Flur, »wir waren niemals auschgebombt.« Dann krabbelte sie auf allen vieren herein und erbrach sich auf den Wohnzimmerteppich.

## 6

Wieder holte ich Tante Sissi vom Friseur ab, wieder steuerten wir das Stadtcafé an, aber es war nicht mehr dasselbe, auch wenn Tante Lene vorher niemals dabeigewesen war. Es war, als hätte Tante Sissi ihren Angelpunkt verloren, ihren Leuchtturm, den man zwar immer geschickt umschifft, aber trotzdem braucht, um die Orientierung nicht zu verlieren. Im Café hätte ich sogar beinahe Kronprinzessinnentorte bestellt, um ihr eine Freude zu machen, doch Tante Sissi, frisch bewehrt mit einem Turm betonfester, rosa schimmernder Löckchen, hätte es gar nicht bemerkt. Unter ihrer helmartigen, stets gleich gelegten Frisur sah sie neuerdings stark geschrumpft aus, als habe ein knittriger Kobold die Perücke einer großen Dame angelegt. Sie beschränkte sich auf ihre gewohnten Stücke Schwarzwälder und Haselnußcreme, die sie säuberlich zerlegte und auf dem Teller umschichtete. Sie renovierte, formte eine liebevolle Landschaft, kleine Kegel und Böschungen, aber sie sagte kein Wort. Gern wäre sie in das Land auf ihrem Teller umgezogen, ein Krümelchen in einem Bröselkosmos, der einzig von Creme zusammengehalten wurde. An den Bauarbeiten konnte ich mich nicht beteiligen, weil nur ein trockenes Stück Butterkuchen vor mir stand. Obwohl ich die ganze Zeit angestrengt auf Tante Sissi unter ihrer Eternit-Frisur achtete, bemerkte ich doch noch, daß mein Kuchen mir ausgezeichnet schmeckte, ein bißchen langweilig, aber solide. Beerdigungskuchen wurde er hier in der Gegend genannt.

Tante Sissi hatte ich nach Tante Lenes Begräbnis schließlich nach Hause gebracht und ins Bett gelegt. Ihre Kinder hatten sie in ihre Obhut genommen; sie war sogar für eine Weile mit Cornelia nach Süddeutschland gereist. Jedenfalls vermutete ich das; Tante Paula sprach, wie immer, nur von »anderswo«. Danach meldete sich Tante Sissi wochenlang nicht bei mir, auch Tante Paula benahm sich am Telefon kalt und patzig und verlangte keineswegs nach Nichtentrost. Einmal fuhr ich sie zum Supermarkt, aber als wir ankamen, wußte sie nicht mehr, was sie einkaufen wollte, und brach vor dem Kühlregal in Tränen aus; eine Gemütsregung, die mir vertrauter war, als ich zugeben mochte. Es schien mir sogar beinahe unmöglich, angesichts der unglaublichen Auswahl bunter Schachteln, Tröge, Klumpen und Quader nicht in Verzweiflung zu geraten. Tante Lene mit ihrer Vorliebe für H-Milch und Mehl hatte eigentlich eine ganz taugliche Strategie entwickelt, wie mir deutlich wurde, als Tante Paula schließlich die Tränen trocknete und unschlüssig ein Paket Fertig-Snack befingerte, bestehend aus zehn Kräckern, fünf Wurstbissen und fünf Käsehäppchen. Ausgerechnet Tante Paula!

Bald darauf durfte ich Tante Sissi wieder den lockendrehenden Händen von Fräulein Hunter übergeben, ohne daß sie übrigens den »Vorfall« nach der Beerdigung noch einmal erwähnte. Auch im Café, in dem wir uns nun gegenübersaßen, schwieg sie hartnäckig. Ich sprach über das Wetter, über die Bibliothek, über das neue Rathaus und was das wieder alles kostet, aber es nützte nichts. Die lebhafte Tante Sissi saß da wie zu Stein geworden. Schrumpfstein, falls es so etwas gibt. Es war mehr als nur Tante Lenes Tod, das spürte ich. Tante Sissi hatte sie ja nicht einmal besonders oft gesehen, geschweige denn gemocht, wie ich bei mir dachte. Aber etwas war aus den Fugen geraten.

»Tante Sissi, magst du noch Kaffee? Oder etwas anderes? Wollen wir gehen? Ich zahle nur rasch, ja?« Da hielt mir Tante Sissi die Hand fest, die schon in der Tasche nach dem Portemonnaie suchte, und sagte: »Nein.« Und nach einer kurzen Pause: »Das Bild, Kind, das Bild gehört mir und nicht Lene. Paula gibt es mir nicht. Du sollst es aber wissen, und wenn ich mal nicht mehr bin, kannst du es haben.«

Tante Sissi bemerkte offensichtlich gar nicht, daß ich keine Ahnung hatte, wovon sie eigentlich sprach. Von dem Seestück möglicherweise.

»Das Bild, Juttakind, das Bild. Von Nachher und Anderswo. Hinten steht drauf: Für meine liebe kleine Lise zum Andenken, Dein Pappi. 18. März 1944, ja, sogar das Datum weiß ich noch, sie dachten, ich hätte es vergessen, aber ich habe mir alles gemerkt. Er glaubte, daß er stirbt, weißt du, deswegen. Ich war ja seine Kleine, die Kleinste, mich hatte er am liebsten, nicht, daß ich das oft sage, wegen Lene, na, das ist ja jetzt auch egal, aber wegen der armen Paula, die mochte er nicht, das hat er natürlich nie zugegeben, aber ich war immer seine Kleine, seine Süße, seine Lisemaus. Lene hat mir das Bild weggenommen. Es war meins, so wahr ich hier sitze, es war meins!«

Tante Sissis Wangen röteten sich. »Ich habe Ohren wie ein Luchs, ich habe genau gehört, wie Lene immer sagt, wer weiß, was Lise anstellt, was Lise wieder anstellt, die dumme, kleine Lise. Aber es war doch meins! Ich habe es so oft beguckt, wie er dastand, ein Herr, ein wirklicher Herr, dein Onkel Heinz, wie er dastand an dem Baum und über all die Leute hinguckte wie ein König! Auf allen vieren kriechen sie vor ihm, jedenfalls sieht es da so aus, ein ganzes Meer von Leuten, eine See, eine Sturzflut von Leuten, die könnten über ihn herfallen, aber sie ziehen bloß vorbei, wie er dasteht so am Baum, ein Herr. Zum Andenken ja, er hatte wohl Angst, daß es nicht gutgehen würde mit ihm, ach Jutta, mußte er denn ganz allein den Krieg verlieren? War denn das gerecht?«

Sie sah mich gar nicht an. Ich versuchte, zu begreifen, wovon sie sprach. Das Bild, das Bild, ein wirklicher Herr – das abgegriffene Stück Papier aus Polen? »Wie ein Kapitän auf einem Floß«, es stürzte immer weiter aus Tante Sissi heraus, »ein Floß in einem Meer von Menschen, auf den Köpfen tragen sie es. Mein Bild, mein Bild!« Tante Sissi weinte.

»Tante Sissi, beruhige dich doch bitte. Tante Paula gibt dir dein Bild bestimmt zurück. Meinst du das hübsche, bevor ›es‹ losging? Davon hat sie doch ganz viele Abzüge. Du bekommst deinen bestimmt wieder.«

»Das andere«, flüsterte sie heiser, »das andere! Ich durfte es nicht behalten, sie haben es genommen, damit ich keinen Unsinn mache. Mein Bild. Mit den Köpfen, den vielen Köpfen. Ach, Lene habe ich es ja gegönnt, aber Paula doch nicht! Sie darf es nicht haben. Das hätte Pappi nie erlaubt.«

»Was ist eigentlich mit dem Loch im Bild? Ich meine das mit dem Segelschiff? Da ist doch so was wie ein Flicken oben in der Ecke, da, wo vielleicht die Sonne war, so ein schlecht gemachter Flickenfleck?« fragte ich und wußte selbst nicht, ob ich meine furchtbar aufgeregte Tante nun ablenken wollte oder mich wirklich noch einmal für den Schiffbruch interessierte. Tante Sissi schüttelte leicht und wie unwillig den Kopf: »Er hat ihr das Kristall zerteppert, der Onkel Heinz. Jedenfalls hat Paula es mir so erzählt, ich lebte ja damals anderswo. Es war wohl nicht so leicht, wo er ganz allein den Krieg verloren hatte, und alle anderen waren längst wieder im Boot und auf dem Dampfer, bloß er nicht. Da hat er manchmal eine Wut, eine Mordswut hat er bekommen auf alle und eben auch auf deine Tante Jutta, Juttalein. Sie konnte einem schon ein bißchen leid tun, die Mama. Aber zu dir war er immer herzensgut!«

Er roch nach Zigarrenrauch, das wußte ich mit Sicherheit. Sonst konnte ich mich an gar nichts mehr erinnern. Auch durch das Stadtcafé webten leise Schwaden und legten einen Nebelring um unseren Tisch. Ich mußte husten und sah mich bitterböse nach dem Raucher um, damit ich jedenfalls irgend jemanden hatte, auf den ich eine Mordswut kriegen konnte. Es war ausgerechnet der pensionierte Studienrat am Nachbartisch, der zu Tante Sissis Kuchen-Eskapaden stets nur eine beleidigt-asketische Grimasse hervorgepreßt hatte und uns noch nicht einmal grüßte. Nun puffte er gemütlich an einer Zigarre und lächelte mir zu. Eine Mordswut hatte ich auf den, wie er da grinste und puffte wie eine Lokomotive aus einem Spielzeugland. Der Nebel um uns stieg. Ich zahlte, und wir gingen zur Tür. Da mußte ich noch einmal umkehren, weil ich meinen Schirm hatte stehenlassen.

Über das, was nun passierte, kann ich nicht wahrheitsgetreu berichten, weil ich alles wie in Zeitlupe gesehen habe, obwohl es, wie mir mein Verstand sagt, geradezu blitzschnell gegangen sein muß. Infolgedessen kann das, was ich gesehen und gehört habe, nicht das sein, was sich ereignet hat, es sei denn, man hielte das Verstreichen von Zeit für eine dem Geschehen völlig äußerliche und irrelevante Kategorie. Wer aber würde das schon?

Es war nämlich so: Ich patrouillierte, meinen blauen Schirm wie eine Waffe unter den Arm geklemmt, von der Gaderobe des Cafés zur Tür, immer noch ein wenig auf den mir ärgerlichen, selbstgefälligen, Zigarrenrauch verbreitenden Studienrat achtend, gleichzeitig aber auch schon der Straße zugewandt. Als ich genau hinter der Tür stand – sie hat ein großes Fenster aus Eisglas, in das eine Art Wellenornament hineingeätzt ist, und genau durch diesen Spalt konnte ich jetzt einen Ausschnitt der

Straße erfassen –, als ich also direkt hinter der Tür stand, ereigneten sich zwei Dinge gleichzeitig: Meine Tante, in exquisiteste Cremefarben gehüllt, ein Chiffonschalende wie eine Fahne hinter sich, segelte auf die Straße, genau vor der Cafétür, eine belebte Straße, die nächste Ampel wohl hundert Meter entfernt. Auf sie zu steuerte ein Auto, auf sie, die einfach zwischen einem parkenden Lieferwagen der Firma »Blankenburg-Betten – mit uns liegen Sie richtig« und einem schwarzen Transporter auf die Straße lief wie ein kleines dummes Tier. Natürlich sah ich das nicht richtig und im Zusammenhang, sondern wie bei einem Puzzlespiel. Ich sah Tante Sissi auf die Straße laufen und im Augenwinkel, sehr viel weiter rechts, auf der anderen Seite des Blankenburg-Wagens, einen nicht minder cremefarbenen Mercedes – tragischerweise gehörte er Herrn Eden, was ich natürlich erst später erfuhr – sich in Richtung auf Tante Sissi zubewegen. Gleich darauf hörte ich, was ich erwartete, nämlich lautes Hupen und kreischende Bremsen, und sah aber nicht, was ich erwartete, nämlich: daß meine Tante mit Ohren wie ein Luchs von der Straße zurücksprang oder jedenfalls irgendein Anzeichen des Erschreckens zeigte. Außerdem hatte ich das Gefühl, ich könnte sie noch zurückreißen, also der Weg zwischen mir und ihr sei kürzer als der zwischen Herrn Edens Mercedes und ihrem cremefarbenen Körper, und ich überlegte in den folgenden Augenblicken, lange ehe Tante Sissi und der Mercedes sich trafen, wo zum Teufel sich die Türklinke befand, die ganz bestimmt immer auf der rechten Seite gewesen war und nun auf einmal nicht mehr. Während dieser Unfall passierte, schon zu sehen war, aber eben noch nicht ganz zu Ende passiert – wie gesagt, es dauerte dies alles sehr lange –, gab es einen schier ohrenbetäubenden, aber auch sehr lang gezogenen Knall, der das Eisglas rütteln und schließlich zerbersten ließ, und obwohl ich immer noch sehr viel Zeit hatte, wie ich ganz genau wußte, gelang es mir nicht, die Arme zu heben, so daß feine Splitter wie Nadeln in mein Gesicht hineinflogen, was ich zunächst gar nicht bemerkte, nur im Auge störte mich etwas. Auch diesen unglaublichen Knall schien Tante Sissi erstaunlicherweise nicht gehört zu haben, sie steuerte immer noch beharrlich auf die Fahrbahn zu, wo ich nun endlich in der Lücke zwischen dem schwarzen Transporter und »Blankenburg-Betten – hier liegen Sie richtig« den unvermeidlichen Aufprall meiner Tante auf den Mercedeskotflügel sah, nicht hörte, denn der voraufgegangene Knall hatte alles weitere Hören fürs erste unterbunden. Tante Sissi hob ab wie ein Vogel, flatterte ein wenig mit dem Mantel, an die Möwen dachte ich einen Augenblick, die Möwen über der Nordsee, und landete dann eher plump und platt auf dem Rücken, auf der Straße, ein Bein in die Luft gestreckt, das mit leichter Verzögerung nach unten klappte wie bei einer mechanischen Puppe, während Herr Eden mit seinem Mercedes in den schwarzen Transporter schlingerte, ehe er auf der anderen Straßenseite gegen einen Baum steuerte, der ungerührt am Straßenrand stehen blieb und mit seinen

Ästen den verbeulten Kühler des Unglücksautos schützend überwölbte. Der Knall, der große die kleine Stadt erschütternde Knall, das erfuhr ich natürlich erst später, hatte sich reichliche fünfhundert Meter von uns entfernt ereignet, als ein Bus mit Rentnern, die sich auf einer sogenannten Kaffeefahrt befanden, eine Stelle an der Hauptstraße passierte, unter der man vor fünfzig Jahren eine Luftmine zu räumen vergessen hatte, die nun aus ungeklärter Ursache ihrem ursprünglichen Zweck, etwas in die Luft zu sprengen, doch noch nachkam, wenn auch mit erheblicher zeitlicher Verzögerung. Ob die Luftmine nun einmal zu oft durch ein schweres, großes Gefährt, wie es ein vollklimatisierter Reisebus auf dem Weg zu einer Verkaufsveranstaltung ist, erschüttert wurde und deshalb endgültig aus ihrem Tiefschlaf erwachte oder ob einfach eine Schutzvorrichtung am Zünder genau in diesem ungünstigen Moment endgültig durchgerostet war, war nicht mehr festzustellen. Auf jeden Fall starben fünf Businsassen, vier Frauen und ein Mann, noch ehe sie die Kamelhaar-Rheumabettdecken, die sie heute hätten erwerben sollen, auch nur von ferne gesehen hatten. Dieser Vorfall verhinderte das Erscheinen von Tante Sissis Unfall in der Spalte »Aus dem Polizeibericht« in der Lokalzeitung, in der sie sich ohnehin nicht gerne wiedergefunden hätte. Ja, am folgenden Tag fiel die ganze Spalte der Explosionsberichterstattung zum Opfer, der die örtlichen Redakteure mit geradezu freudigem Pflichtbewußtsein oblagen.

Während sich Tante Sissis Unfall und der beinahe

gleichzeitige Explosionsknall, wie gesagt, unglaublich langsam und bedächtig ereigneten, als wollte man uns allen eine Chance geben, noch etwas zu ändern, ging danach alles furchtbar schnell. Im Handumdrehen saß ich mit Tante Paula an Tante Sissis Krankenbett. Die Polizei, der Unfallwagen, die Fahrt zum Krankenhaus, der Anruf bei Tante Paula, die Notaufnahme – das alles mußte viel länger gedauert haben als der Unfall selbst, aber es kondensierte in meinem Gedächtnis zu einer lächerlich kurzen Episode, einer Zeitraffersequenz, in der Helfer und Gaffer bienengleich herumschwirrten, während ich dastand, dasaß, dann wieder dastand und jetzt wieder dasaß.

Tante Sissi hatte sich unzählige Rippen und den Oberschenkelhals gebrochen, aber ihrem Kopf war – dank des cremefarbenen Wagenrads oder der Betonfrisur, das ließ sich nicht eindeutig feststellen – nichts Schlimmes passiert. Obwohl der Arzt erklärte, daß sie bei Bewußtsein wäre, lag sie nur mit geschlossenen Augen da und schien Tante Paula und mich nicht zu hören oder sonst irgend etwas wahrzunehmen. Sie sah jetzt noch verschrumpelter aus als vor dem Unfall. Neben ihr auf dem Nachttisch lag ihre goldene Uhr, die einen Sprung im Glas davongetragen hatte und immer noch munter vor sich hin tickte. Tante Paula ächzte und seufzte, aber ihre Wangen waren gerötet von der Aufregung eines solchen Ereignisses. Mir selbst hatte das Gesicht wie von tausend feinen Nadelstichen geblutet, da aber die Notversorgung des Krankenhauses mit den Opfern der Busexplosion und natürlich mit Tante Sissi voll ausgelastet war, hatte sich bisher niemand die Mühe machen können, mir die Splitter aus der Haut zu ziehen.

Tante Paula lief in Tante Sissis Krankenzimmer zu neuen Höchstformen der Ungeduld auf, die ich zunächst als begreifliche Verstörung mißdeutete: Sie ging auf und ab, immer wieder zum Fenster, seufzte, sah hinaus (es gab dort nichts als einen armseligen Park, ich hatte auch schon hinausgeguckt), drehte sich abrupt, ging die fünf Schritte zur Tür, riß sie auf, wie jemand, der schon lange genug hat, sah links und rechts den Krankenhausflur hinunter, ohne etwas Bestimmtes wahrzunehmen oder auch nur zu erwarten, zog den Kopf ruckartig zurück, schloß die Tür, wobei sie erst Schwung nahm, so daß ich irritiert auf den Knall wartete (ich hatte bereits genug Knall vernommen für den Tag), bremste dann aber, kurz bevor das Türblatt in den Rahmen donnerte, und schloß am Ende die Tür sachte mit beiden Händen. Danach stöhnte sie unzufrieden und marschierte wieder zum Fenster. Gelegentlich, in unregelmäßigen Abständen, machte sie am Fußende von Tante Sissis Bett halt, starrte der eingeschrumpften Schwester angelegentlich ins Gesicht, als ob die sich dadurch zu einer Lebensäußerung hinreißen lassen würde, trommelte kurz und entschlossen mit den Fingerspitzen auf das weißlackierte Eisenrohr des Bettgestells, bemerkte, daß sich dadurch nichts änderte, räusperte sich wie einst Tante Lene und nahm ihre Wanderung zwischen Tür und

Fenster wieder auf. Als uns schließlich eine resolute Oberschwester hinauswarf, die mich, obwohl sie klein, rotgesichtig und dick war, an Tante Lene erinnerte, wirkte Tante Paula erleichtert. »Sie braucht Ruhe, Juttakind, natürlich. Komm du mit zu mir«, und eine eiserne Hand umfaßte mein Handgelenk an der Stelle, an der auch Tante Sissi heute schon einmal zugepackt hatte. Es schien ein bevorzugter Platz für Tantengriffe zu sein. Tante Paula zog mich zur Tür, schob mich in den Fahrstuhl, zog mich wieder heraus und schob mich in die Ambulanz, in der inzwischen wieder etwas mehr Ruhe eingekehrt war. Ein kleiner türkischer Junge mit einem dickverpflasterten Daumen wartete, eingeklemmt zwischen einer schwergewichtigen Mutter und einem breitbeinig sitzenden Vater, auf einem der Plastikstühle vor der Tür. Tante Paula schob mich wiederum, weil ich mich für sie nicht schnell genug bewegt hatte, auf einen anderen Stuhl und befahl: »Du wartest hier!« Als ob man etwas anderes hätte tun können.

Es war längst Abend geworden, und eine Schwäche, die aber auch ein Hungergefühl sein konnte, entfaltete sich wie ein wärmendes Tuch über meinem plötzlich wackligen Körper. So wird es sein, wenn man alt ist, dachte ich, ehe ich in eine Ohnmacht oder einen Sekundenschlaf sank, der wirklich nur Sekunden gedauert haben konnte, denn der kleine Junge, der mit seiner unverletzten Hand ein einfaches Kinderpuzzle zusammensetzte, auf dem ich einen bunten Clown zu erkennen meinte, hielt immer noch dasselbe Teil suchend über dem halbfertigen Bild und überlegte, wo es hineinpaßte. Ich bemerkte sofort, daß es der Schuh sein mußte, dann wurde mir ein bißchen übel und schwindelig, und als ich danach wieder hinsah, war es gar kein Clown, sondern eine farbenfrohe Segelyacht, deren Rumpf – der doch das einfachste Stück war – das verletzte Kind nicht einpassen konnte.

Schon erschien Tante Paula wieder vor mir, erklärte, die Ärztin habe gesagt, es könne eine halbe Stunde oder auch Stunde dauern, bis man Zeit für mich finden würde, sie führe jetzt heim, es sei ihr alles längst schon zu anstrengend, aber ich solle bitte sofort hinterherkommen, wenn man mich wieder zusammengeflickt habe. Tatsächlich drückte sie sich so salopp aus, vielleicht aus Erschöpfung oder wiederum aus unbezwingbarer Ungeduld. Sie wippte ein wenig auf den Ballen, als wolle sie Schwung nehmen für den Heimweg, und lief dann grußlos hinaus, während neben mir schon das Kind aufgerufen wurde, das sich jetzt furchtsam an die Mutter drückte. Alleingelassen von meiner Tante und den Mitwartenden, überkam mich das kindische Gefühl, sofort losheulen zu müssen; als ich aber damit beginnen wollte, kam ich über ein wenig feuchte Augen nicht hinaus.

In der Ambulanz wurde ich von den beiden Schwestern und der Ärztin für ein Opfer der Luftminen-Explosion gehalten und widersprach vehement, bis mir einfiel, daß sie ja im Grunde recht hatten. Das Zerbersten der Glasscheibe in der Cafétür hing natürlich mit der Explosion zusammen und nicht mit dem Autounfall von Tante Sissi, wie es mir zunächst und ganz unsinnigerweise vorgekommen war. Die Schwester säuberte meine winzigen Schnittwunden und strich ein übelriechendes Mittel darauf, die Ärztin blickte in mein Auge und entschied, daß damit alles in Ordnung sei, obwohl ich ihre herablassende Frage: »Haben Sie ein starkes Fremdkörpergefühl?« wahrheitsgemäß bejahte. Schließlich schoben sie mich genauso resolut aus der Tür, wie Tante Paula mich zuvor durch das Krankenhaus geschoben hatte, und setzten mich in ein Taxi. Ich mußte erst überlegen, ehe mir die Adresse von Tante Paula einfiel. Dann aber wurde ich für meine müde Verfassung viel zu schnell in der Körnerstraße vorgefahren.

Beim Heraufklettern der Stiegen, Tante Paula hatte längst auf den Summer gedrückt, ehe ich noch klingeln konnte, spürte ich Schmerzen überall in meinem Körper, so als hätte nicht Tante Sissi, sondern ich den Unfall gehabt. Auch Kopfschmerzen merkte ich jetzt, einen starken Druck, als sollte mir der Kopf in den Körper hineingeschoben werden von einer betonschweren Last. So kam ich, geduckt, wie mir schien, die Treppe hinaufgeschlichen, aber Tante Paula, die sich umgekleidet hatte in etwas, das wie ein roter Samtumhang aussah, bemerkte gar nichts Ungewöhnliches und verzog nur etwas skeptisch die Mundwinkel, als sie in mein bepinseltes und verpflastertes Gesicht sah. Dann schob sie mich in die Wohnung hinein.

Der Wohnzimmertisch sah festlich aus. Neben einer kleinen Vase mit Maiglöckchen stand ein schwerer dreiarmiger Silberleuchter, den ich noch nie gesehen hatte und in dem dunkelrote Kerzen brannten. Die Keksetagere hatte Tante Paula auch wieder aufgebaut, diesmal aber mit Kanapees gefüllt. Eine Flasche Wein und zwei hohe Gläser waren noch daneben drapiert wie zu einem Stilleben. Einen Augenblick mußte ich an Tante Sissi und ihre Tortenlandschaften denken. »Hoffentlich geht es ihr bald besser«, sagte ich ein wenig mechanisch, aber Tante Paula antwortete nicht, sondern sah konzentriert in die drei Kerzenflammen. Als sie bemerkte, wie ich ihr eigentümliches Kleidungsstück musterte, erklärte sie, das sei ihr neuer Hausanzug, den habe sie sich gerade erst gekauft. Die Kerzen warfen flackernde Schatten auf das Segelschiffbild, das so noch finsterer wirkte als in der normalen trüben Stubenbeleuchtung. »Das Bild«, fiel mir da ein, »Tante Paula, das Bild von Onkel Heinz, ich meine überhaupt, die Bilder, die Fotos, kann ich die noch mal sehen?« Bedächtig schenkte sie Wein ein, rückte mir das Glas hin, dann die Etagere, sagte »Iß doch, Juttakind, du wirst hungrig sein«, sah mich ein wenig mißtrauisch an und verschwand schließlich aus dem Zimmer. Ich nahm mir ein Stück Brot, das mit einem Schachbrettmuster aus hellem und dunklerem Käse verziert war, und biß hinein, ohne hinzuschmecken. Nicht nur mein Gehör hatte durch die Explosion gelitten, alle Sinne waren mir stumpf geworden. Tante Paula kehrte mit der vergilbten Pralinenschachtel zurück, setzte eine moderne Brille auf, die offenbar auch ganz neu war, und öffnete den Karton.

Zuoberst lag wieder das Foto von Tante Lene mit der Palme. Streng wachte sie über den Bilderschatz, aber ich wagte es trotzdem, ihn anzurühren. Tante Paula hatte ihre Handarbeit genommmen und tat, als kümmere es sie nicht, was ich mir ansah. Es folgten Farbaufnahmen von Detlef und Cornelia, als Babys, Kleinkinder, mit Schultüte und Abschlußzeugnis. Im Zeitraffer rauschte die Kindheit meiner Verwandten an mir vorbei. Ich mußte mich bis in die Sedimente des Fotobergs wühlen, um wieder alte Bilder zu finden. Tante Sissi am Strand, wie sie ihren Hut festhält. Die Hutbänder waren ganz verwackelt vom Wind. Tante Lene mit einer alten Dame – Tante Jutta ? – auf dem Sofa. Und immer so weiter. Tante Paula war nie zu sehen, nur einmal, bei einer Feier, im Hintergrund mit einer Schüssel in der Hand. Auch von Onkel Heinz fand ich kein Foto, bis auf die beiden, die ich schon kannte. Beide lagen jetzt ganz unten in der Schachtel. Das, bevor »es« losging, immer noch in mehreren Exemplaren, eins davon etwas größer, die anderen winzig. Schnittig, deutsch und zukunftsfroh lächelt Onkel Heinz unter seinem Wehrmachtsdeckel in die Kamera.

Dann das zerfranste kleine Pappschildchen. Ein Meer von Köpfen, Tante Sissi hatte recht, ein Meer von Körpern, ineinanderlaufende Körper, mit Köpfen darauf wie Schaumköpfe, die man keinem Rumpf zuordnen kann, so eng stehen oder laufen die Menschen ineinander. Keine Wehrmachtsabteilung mit soldatischem Schritt. Im Vordergrund Onkel Heinz an seinem Baum, das Gesicht abgewandt vom Strom, die Waffe gesenkt. Er sieht nicht glücklich aus, er sieht aus wie einer, der aus Versehen da ist, aber nun auch nicht mehr wegkommt, weil er nicht weiß, wie man das anstellt. Genau besehen sieht er sogar unglücklich aus, doch, er sieht sehr unglücklich aus dort. Anderswo. Er war anderswo, das sah ich jetzt ganz deutlich. Auf der Rückseite blaßbraune Sütterlinzacken, »Für meine liebe kleine Lise zum Andenken. Dein Pappi«. Auch das Datum stimmte, nur der Ortsname war zur Hälfte weggerissen. Der Rest verwischt, da wellte sich das Papier; es mußte einmal naß geworden sein.

»Das hier ist übrigens für dich«, strahlte Tante Paula, die, wie ich jetzt erst bemerkte, sogar Lippenstift aufgelegt hatte, und hielt mir ihre Stickarbeit hin. Als ich die Hand danach ausstreckte, riß sie den Stoff aber wieder weg: »Ist doch noch nicht fertig!« Sie zog einen neuen blauen Faden durch den Stramin. Das Gebilde sah aus wie ein Flickenteppich, auf dessen Rückseite Hunderte loser Fädchen hingen. »Erst wollte ich es Sissi schenken, aber wer weiß, ob die noch mal wieder auf die Füße kommt. Freust du dich? Es steckt viel Arbeit darin, du machst dir keinen Begriff davon.« Sie schob die Zungenspitze in den Mundwinkel, als sie das Stickbild prüfend von sich abhielt. Da erst erkannte ich das düstere Schiff wieder, mit grellen Farben wie in einer Spielzeugausgabe unbeholfen nachgestickt, ein lächerlicher Klumpen. Ein Schokoladenkloß mit Vanillesegeln auf grünschimmernder Götterspeise. Es war Zeit, in See zu stechen. »Onkel Heinz hat es so sehr gern gehabt, weißt du?« fragte Tante Paula besorgt, ehe sie kokett hinzufügte: »Und du ja schließlich auch.«